柬埔寨戰亂文學

余良———— 著

前言

　　柬埔寨赤棉統治史，是一本寫不完的書。

　　一個只有七百多萬人口的佛教小國，在三年八個多月的大屠殺中死了兩百多萬人。世人如果因為其國家弱小、年代悠久而輕忽，或任其消失於無形，實是人類極大恥辱。

　　一九七五年四月十七日，赤棉政權上臺後，全國絕大多數無辜、善良的男女老少，已經流離失所，親人離散，還要在農村或山林中遭受疾病、飢餓、過勞……等等難以想像的折磨，時時刻刻處在提心吊膽的嚴酷監視，隨時隨地遭受各種包括砍頭、槍斃、沉河、投井、活埋、剖腹……等等極盡酷刑。無關種族、階級、宗教、土地或其他紛爭，僅僅是為了滿足獨裁者的極端共產主義的狂妄野心。

　　柬埔寨爆發戰爭的一九七零年，我在農村度過整整十年，走南闖北，經歷了赤棉政權從成立到倒臺的整個過程，死裡逃生約有十次。我目睹耳聞許許多多發生在身邊的極度淒慘的悲劇，我的大家族數十人，除了我和早期逃到越南之外，全部死於赤棉的大屠殺。經過那段經歷的人，家家都有一本血淚的書，人人都受到不同程度的身心摧殘。

我出生中國廣東潮州，孩提時代，逃過「土改」運動中因地主後代「原罪滿盈」的屠殺；青年時代，經過五年戰爭、逃過赤棉血腥大屠殺，壯年時代為美國政府人道收容。現定居美國四十多年，從事中醫近三十年，家庭幸福美滿，兒女皆有建樹，子孫滿堂。

　　前半生曲折、坎坷、磨難，後半生自由、幸福，回饋社會，報答美國。我對人生的體驗和感悟十分深刻，揭露赤棉的滔天大罪，自是責無旁貸。我要盡己所能，道出真相，找出禍根，警示後人。

　　本書也反映一九六十年代的中國政治和柬埔寨的風土人情；想較全面、具體瞭解赤棉血腥統治，請閱讀拙著《紅色漩渦》。

目次

一、柬共屠殺人數之謎

記述文

　　柬共，也即紅色高棉，從一九七五年四月十七日上臺到一九七九年一月七日，在其統治的三年八個月零二十天的時間裡，一共屠殺了多少人？

　　在金邊 S21 屠殺館顯示的數字是三百三十多萬，具體到個位數。這是越南當局給出的數字，普遍認為越南誇大了死亡人數，以此說明其「入侵」的合法性，是為了解救柬埔寨人民。柬共的大屠殺幾乎每天都在發生，也是全國性的，但幾乎全是祕密進行的。越南出軍解救柬埔寨免於種族滅絕是事實，但也無法正確統計，具體到個位數便是荒謬了。

　　柬共總書記波爾布特上世紀八十年代初期，在柬泰邊境接受外國記者提問時承認只殺死了大約一千人。他解釋說：「任何一個新成立的政權都會消滅潛在的敵人。」但到了一九九八年他臨死前，面對西方記者追問，他改口承認致死八十萬人。但他不承認這八十萬人死於他的屠殺，因為他一生都在戰鬥。換言之，是他在戰鬥中致死「敵人」八十萬人。

　　對於一生好鬥、最後落得個眾叛親離、受困山林、殘疾受審的波爾布特，「人之將死，其言仍惡。」

在泰國難民營，人們普遍認為紅色高棉政權時期的死亡人數大約三百萬。根據我自己在紅色高棉時期生活的見聞、體驗，我所在的村，非正常死亡人數約占全村人口的三分之一；其中約三分之一死於瘧疾和其他疾病、飢餓、過勞；另三分之二，共有男女老少一千多人被紅色高棉幹部點名後於夜間用牛車運到樹林中，交給事先從前線召來的軍人，由軍人用黑布一批又一批先後蒙住雙眼再用槍托猛烈重擊頭部或用刺刀刺殺腹部，不論死活全被推下事先挖好的坑洞再行掩埋。（因有一幹部參與部分行動，事後炫耀而被傳開）

　　我在越南軍占領金邊後的一兩年，從各方面瞭解到，全國僅人口稀少的東北四個省份死人較少，而當時全國有十七個省。我所在的省份—磅湛省的飢餓程度和被殺害死亡人數在全國屬於中等，大多省份屬於高烈度。人口最多的馬德望省更是首當其衝，幾乎遍地餓殍。由於馬德望市的朗諾軍隊拒絕投降，紅色高棉軍隊攻入市內時把無辜市民當作敵人血洗全城。死裡逃生、驚慌失措的市民形容為「踩著滿街屍體逃命」。在菩薩、實居和磅通三省，是著名的「屠殺省」。我自己的家族、親戚數十人無一倖存，能活下來的全是早期逃到越南。

　　國際普遍認為，死亡人數在一百七十萬到兩百萬之間。2014年，在金邊舉行的審判紅色高棉罪行的國際法庭的判決詞，把紅色高棉時期屠殺人數估計為兩百萬人，而法庭證人、聽眾的發言是兩百多萬到三百萬人。

筆者估計，紅色高棉時期全國死亡人數，包括清城時的暴力驅趕、以及隨後的自殺，病死、餓死、過勞死、處死兩個前朝官兵、無勞動力的老弱殘疾者、「資本家」、被懷疑階級敵人者、「外國敵對勢力」、越南裔及其後代，內部清洗……等等（注意：還有大量全家株連、滅族），總死亡人數超過兩百五十萬。這在當時全國總人口七百五十萬中，約占三分之一。

根據民間組織「柬埔寨文獻收集中心」在西方國際社會的幫助下進行的調查結果，其中華僑死亡二十一萬五千人，占族人九萬，越僑兩萬、老撾裔四千，泰國人八千，還有少量的西方人。

上述數字，必要說明：

一、大量的土生土長的第二或第三代華人並沒統計在內；

二、越僑之所以死亡較少，是解放後的越南新政府向紅色高棉施加壓力，必須保護越南僑民並讓越僑安全回到越南。有數以萬計的華僑冒充越僑從而安全逃到越南，越南當局也本著人道主義精神收容了大部分華僑。否則，華僑的死亡人數遠遠超過二十一萬五千。

三、越南若不出兵或推遲出兵推翻紅色高棉，柬埔寨人民死亡人數必然大大增加，甚至有可能種族被滅絕。

四、即使僥幸活下來，除了原地農民，大多也是心身破碎，無家可歸，到處流亡，彷徨終日，疾病纏身。

那麼，柬共大屠殺可分為幾個烈度？為何至少有兩百五十

萬人被屠殺？什麼人可能僥幸逃過大屠殺？

一、清城血洗

　　柬共占領金邊的開頭兩三個月的大屠殺，首當其衝的是金邊和各省會的朗諾軍人和各地的朗諾政權大小官員。

　　一九七二年，朗諾軍隊達到最多的三十萬。雖然一般相信，朗誦諾軍隊為騙取政府軍餉和美國軍援而誇大軍隊人數，加上接下來的戰損，人數絕沒有三十萬。但我們仍然可以從各省駐軍人數，估計到了一九七五年四月，朗諾軍隊不少於二十萬：除了東北幾個省份，其他十餘個省會加上一些縣市駐軍，每個省份至少駐軍一萬，馬德望大省，駐軍超過一萬，首都金邊駐軍六、七萬應在情理之中。

　　柬共軍隊攻佔金邊的前一年，其廣播電台聲稱將來「解放」全國，只判處朗諾政權七個大頭目死刑。他們是政變集團三個主要頭目：朗誦諾、施裡馬達、山玉成，以及總理隆波烈、國防部長、參謀長、軍隊總司令等。

　　柬共軍隊一進城，總理隆波烈發出要求軍隊「放下武器、配合新政權」的呼籲。柬共的廣播也呼籲所有朗諾軍人，有秩序就地不動，準備接受新任務，所有官員按照職位大小登記後排隊準備安排新的工作，「繼續為國家服務」。最後投降的馬德望市朗諾軍隊也被安排全部「有秩序列隊，準備迎接西哈努克親王的到來。」全國朗諾政權官兵約二十五萬，先後紛紛

「秩序井然、」「言聽計從」被安排到郊外，倒在柬共士兵的枝槍掃射下。

與此同時，首都金邊和各省會、其他市鎮約三百萬市民在短短幾天被柬共士兵驅趕出城，各主要公路人山人海，扶老攜幼、挑擔背包，在烈日暴曬、風雨飄搖中艱難前行。期間，暴力驅趕、路上病故、絕望自殺、飢渴致死等等估計有兩萬人。

二、階級調查。

一九七六年夏天，柬共在全國針對城市移民逐戶、逐人進行全面、澈底的階級調查。主要是「王國時期和朗諾時期從事什麼職業？當過什麼官？為兩個前政權做過什麼事？抗戰時期在哪裡？做什麼事？等等。」那年，三名幹部在人們中午休息時拿著本子上門對我們夫婦進行調查登記。事先要求我們「相信革命組織，對革命組織要忠誠，說老實話。」幸好我們都是出身貧窮，我還當過燒焊工人而逃過一劫。

在「階級調查」運動中，被發現、漏網的前朝官兵、公務員，甚至連國際紅十字會人員、教師、高中生、大學生和其他文職人員、商人，做小生意艱難糊口的華僑、答非所問，不懂高棉語的外僑，紛紛被列為「階級敵人」，或「阻礙革命前進步伐的絆腳石」而將全家大小全部殺害。在我的村，一名叫「陳錦源」的金邊移民，因常跟人們奢談「戰爭時期是西醫生，也是國際紅十字會會員」，全家大小連兄弟姐妹共十六人

被加入「處死大軍。」

最冤枉的是，不少華僑因「要相信革命組織」而如實呈報從事做小生意竟白送死。

這一時期的死亡人數估計有七十萬。

三、飢餓疾病

柬埔寨原是名副其實的魚米之鄉。政變前，農民一年只農耕一季，餘下大半年就賦閒在家、捕撈魚蝦，絕大多數衣食無憂，再窮也能吃飽。為何柬共統治下，幾乎全國都務農，反而年年飢荒？餓死人無數？

「解放」初期，柬共忙於鎮壓、驅趕，「百廢待興」。初到農村的城市移民不能立刻即從事農業生產，還增加了大量人口。而戰爭期間，農田受到一定程度的破壞，收成減少。

柬共推行激進的「大區田運動」，把千百年來農民原有的、分散的小塊農田全部改造為一百米平方的大區田，解釋是有利於來年使用機械化種田。但農民因地制宜而開闢的自留地沒了，歸公了，農民心中不滿，暗中抵制。「大區田」運動後，有的地方錯過雨季，有的又因田地面積太大，雨季來了，一處淹水，一處乾枯，收成減少。

出口外國。柬埔寨是農業國，幾乎沒有什麼輕工業，不能生產任何民生用品，對外貿易是與中國以物易物，於是大量米糧被出口到中國，換來布匹、針線、簿子、原子筆、打火機、

牙膏牙刷等等。地方幹部為了完成上級的生產指標，寧可民眾挨餓，也要虛報豐收。我當年就常常在稻穀收成後，親眼看到每天都有牛車滿載大米外運，飢民只有乾瞪眼。越南占領金邊後，人民看到金邊一些倉庫滿滿堆積了大量中成藥如「痢特靈」、「藿香正氣水」、「銀翹解毒片」、「黃連素」等等，成為越南的戰利品。這些中成藥因沒有柬文說明而廢棄。但不知是中國援助還是用米糧換來的？

消極、怠工。人民挨餓，長期勞累，人人面黃肌瘦，個個如行屍走肉。後來連當地農民也和城市移民一樣消沉，出工不出力。但是，柬共認為是「自私自利」的思想作怪，沒有「萬眾一心，艱苦奮鬥」的革命精神和思想覺悟，更有未改造好的階級敵人從中作對。於是柬共便在農村掀起「反私心」、「階級再鬥爭」運動：凡被認為消極情緒，愁眉苦臉，農具損壞，牛隻消瘦，偷盜食物、水果、食鹽等，私種蔬菜水果、捕鳥撈魚……均視為「潛在階級敵人」，「階級鬥爭一抓就靈」。那一兩年，「多輪」（高棉語「鬥爭」的音譯）「克蠻」（高棉語「敵人」的音譯）成為最流行的口號。

為了對付「請病假」，地方幹部規定凡是因病請假，就不能到食堂進食。因為「人生病就沒胃口」，否則就是「假病」。無奈飢民並非「鐵打好漢」，除了餓死，就是繼續怠工。

柬共統治下的「民主柬埔寨」沒有正規醫院、合格醫生和藥物。生病只能靠運氣，靠體質，於是大量病死不在話下。在

我的小區三個村子，每天都有死屍抬出來，大部分死於瘧疾，死者大部分是城市移民。餓死最多是信奉伊斯蘭教的占族，占族不吃豬肉，但凡是有殺豬的節日，幹部不提供其他食物。

因飢餓和疾病致死的人數估計一百萬。

四、反復內鬥

經過了兩年的驅趕、鎮壓之後，柬共總書記波爾布特注意到黨內有不同聲音，他發出「黨已經生病了」的警告，開始黨內大清洗。除了對付異見份子，還包括外國「敵對勢力」：親越份子、蘇聯克格勃間諜，美國中央情報局線民等。

民柬時期最高領導層十三人中，有八人在 1976 年底到 1977 年的清洗運動中被殺：他們是農業部長農順、商業部長貴通、公共工程部長篤平、副總理溫威、人大第一副委員長索平（也譯為「蘇品」，他在走投無路時舉槍自殺）、新聞和宣傳部長符寧、衛生部長秀臣、內政與合作社部長胡榮。

黨內大清洗還擴大到各大區軍政負責人及線下部屬，一直到基層的所有黨員、幹部。所謂「清洗」就是「一條龍」全部殺滅，斬草除根，不留後患。

大概一九七六年底的一天凌晨，我所在的小區區委（管理三個村的基層幹部）五名自衛隊員爭相進入小區委辦事處，將其衣物、所有用品占為己有。原來小區委半夜被一批外來軍人拽走，從此失蹤。一、兩個月後，新的小區委來了，但不久又

換了新的小區委。

1976 年 9 月 20 日，波爾布特從金邊派出一個師，號稱「中央軍」揮軍東北大區，沿途的東北地方軍紛紛歸降，中央軍對東北大區血腥鎮壓，處死兩名最高領導蓋敏和蓋莫尼，再回頭把歸降、放下武器的地方軍騙到森林裡用機關槍全部橫掃，喊哭聲撼天，鮮血流遍地。中央軍實現其「全部、徹底、乾淨消滅敵人的偉大目標」。

1978 年 1 月到 2 月期間，國防部長宋成率領大軍接管東部大區，處死東部大區書記奈沙南、殲滅其下屬約一萬人。同年五月，西南大區區委、柬共中央第二副書記、人大第一副委員長、因在西南屠殺一萬人被稱為「屠夫」的達莫（切春）奉命「轉戰」東南大區，將該區黨政軍上下、甚至部分民眾共十萬人全部殺戮殆盡。因該區被柬共中央定性為「高棉人的臉，越南人的心。」

九十年代，我曾回到東南區當年生活過的農村，向當地人尋問當年的公安人員的下落。告以「那年來了一批殺一批，早就被殺光了。」印證了達莫的大清洗事實。

估計在黨內大清洗中，有十五萬人被殺。

五·廣泛、零散屠殺。

除了已知的大規模屠殺，全國每天都在進行個別、零星屠殺。我的小區委握有對本小區民眾的生死大權。小區有五名自

衛隊員，與各生產大隊隊長、各組長，小組長分頭監視民眾的日常言行、勞動表現等。生活中有不滿情緒如發嘮叨、訴苦、埋怨、偷懶、假病、偷食、情緒低落……就會有連同家人大大小小全部失蹤的一天。即使明知必死，也無法出逃，因為全國各地的食堂僅設立在本生產大隊。

這種廣泛而零散的屠殺無法統計。

惡名昭著的金邊 S21 屠殺館已被查明有一萬五千到兩萬人被殺。死者大多是其幹部，有農民、工人、軍人、醫護人員，更有大量的青少年。

我曾在湄公河見到有多艘中型漁船運載多個大麻袋。船開到河中間，有人合力推著還在蠕動的大麻袋來到船尾將其踹下。「沉河處死」可省下子彈、人力，「乾脆俐落」、「無聲無色」。實際上，紅色高棉初下臺時，人們到一些有水井的地區，會聽到當地人說，水井成為埋屍體的坑洞，「把活人直接拋進水井，多省事。」

零散的屠殺包括許多無辜的華僑、華人翻譯員。每個翻譯員都配備一到多名紅色高棉軍人，他們很注意翻譯員的行動、表情。一旦懷疑有翻譯員私下與中國援柬專家交談，或短句長譯，有求助、訴苦的表情等等，當晚就會失蹤。

翻譯員大量死亡，紅色高棉就到處尋找新的、甚至少不更事的華人少年來取代。曾有一位朋友從波士頓來我家作客，她當年才十來歲，被紅色高棉拉去當翻譯。因為紅色高棉人員曾

聽到她向人們解說「萬金油」的用途。

　　柬共也在各地殺害許多早年投奔農村的「華運」人員。一些華運人員為了尋找革命理想，幼稚地主動報名參加紅色高棉隊伍，結果自投羅網，死傷累累。諷刺的是，早年加入柬共、以「東海」為首的華人團體奉命收編和取締華運，但後來也幾乎悉數被柬共屠殺，無人「重於泰山」。年近六十，對柬共赤膽忠心的「東海」之死「輕於鴻毛」。

　　大量的，無法查證的屠殺在全國廣泛存在。正如一位高棉老人所說：「要用整條湄公河的水，才能寫完所有的故事。」

　　根據「柬埔寨歷史資料收集中心」報告，在美國、澳洲和荷蘭三國的協助下，對全柬 170 個縣中的 81 個縣進行勘察，在 9138 個坑埋點挖掘出 150 具骷髏。考慮到還有 89 個縣未能進行勘察，應是屬於中、低烈度的屠殺縣，故此全國被柬共屠殺的人數超過兩百五十萬、可能達到兩百七十萬左右。

（2023年4月19日）

二、重大冤情

記述文

歷史應該記住並探索一個可能永遠消失於世的重大冤情。

紅色高棉血腥統治導致兩百多萬人民死亡的人類大悲劇已是半個世紀以前的事，國際法庭對紅色高棉犯下的滔天大罪的審判也過了十五年。然而，一個有六、七千人的特殊精英群體至今全死得不明不白，無處伸冤。他們生前身不由己或懷有理想，但死後沒有評價，一切都被掩蓋，淹沒在無情的歲月中。

柬埔寨的悲劇本來與他們無關，他們完全可置身事外，與家人過著歲月靜好的日子。然而，「紅色革命」，使他們自覺或不自覺的捲入死亡的紅色漩渦中。這是「荒謬絕倫」還是「大義凜然」？這個人命關天的重大話題，似乎沒人深究了，人的生存價值，被忽略了。

一九七五年四月十七日，柬埔寨共產黨，也即紅色高棉奪取全國政權，隨即面臨一窮二白的局面。這個原來就十分落後的農業小國，經過五年戰爭和「解放」後全面取消貨幣、市場、貿易、文教、郵電、交通等等國家和社會基本運作，國家退回到幾近原始狀態。其原來就沒有什麼工業，又幾乎殺盡全國的知識份子、技術人員，各界精英。這個與世隔絕的國家，

隨著「社會主義革命和社會主義建設的深入」以及為應對越南戰爭，急需意識形態相同的中國大量援助，中國又為了配合對抗蘇聯「霸權威脅」的「偉大戰略」部署，其對紅色高棉的物資和技術人員的援助廣泛而全面，有增而無減。

　　但即使農業方面，據中國官方《看歷史》雜志 2011 年第 2 期，發表了原中國駐前民柬新華社記者邢和平題為「逃離紅色高棉」一文中記載，1978 年，柬埔寨已經沒有種子可補種，要從中國運來種子。由於天災，馬德望產糧區「長勢不好」；由於戰爭，「東部大區的糧食也受到很大影響。」農業國的農業尚且如此，何況其他領域？

　　從紅色高棉上臺的一九七五年四月十七日到一九七八年底共三年八個月，中國對紅色高棉的大量財政、物資援助源源不斷，其派駐柬埔寨金邊和各省、各個領域的技術人員、工程師、醫務人員、軍事顧問等等，統稱「專家」，總人數是多少？沒有官方公開數據，網上可以查到 2017 年 8 月 16 日出版的《華夏文摘》「紅色高棉興衰系列」一文中透露有一萬五千人。

　　此數字應該接近事實。因為中國專家的足跡遍佈高棉全國各市鎮、鄉村、山河、森林、礦山、基地、港口，邊陲……我當年生活在偏辟山林的小村，凡是外派的勞工，回來時都說遇到許多專家。專家避開華人同胞以免尷尬和不利，已是全面、公開的事實。

越南軍隊於 1978 年 12 月 25 日入侵柬埔寨，次年的 1 月 7 日占領金邊，僅僅十四天時間就推翻紅色高棉的統治，戰火如此緊逼，時間如此短促，專家分佈如此之廣，交通和通訊極其落後，有多少能及時逃回金邊並被安排回國？有多少無法出逃，生死如何？

　　2011 年，上述《看歷史》邢和平的文章引用當時的中國駐柬大使孫浩的原話：「紅色高棉奪取全國勝利後，全國民用通訊設施全部癱瘓，也沒有任何公共交通工具，更沒有出租車，幾乎沒有商業活動，沒有飯店，簡而言之，離開紅色高棉組織，任何人都寸步難行，在這種情況下，使館無法直接通知分佈在柬埔寨的中國專家組數千人撤離，只有委託柬方通過其內部管道予以通知。」

　　紅色高棉政權面對越南近二十萬大軍的全方位閃電、猛烈攻勢，上下如熱窩螞蟻，不是戰死，就是逃命，如何（向中國專家）「有序通知」？怎能安排撤離？

　　邢和平的文章透露：「之前是天天捷報，報喜不報憂。12 月 30 日柬共通知盡快撤離……我駐柬使館受到紅色高棉報喜不報憂的影響，對局勢的劇變也缺少必要的應變措施，有些手忙腳亂。」

　　「1979 年 1 月 1 日，磅占市專家 60 人正在慶祝元旦，突然接到柬方通知，立刻撤回金邊，但只有七人上車，五十多人失蹤……公路受破壞，坑坑窪窪，」

文章還說，1月3日，民柬外交部負責專家事務官員在駐地召開各專家組組長會議，宣佈在金邊的專家和使館撤離，前往西北方向……當晚九點五十分，專家組分汽車與火車出發。乘火車的有 350 名專家。第二天淩晨七點，另一火車載了 350 名專家到達。共 700 人。另外在貫布省一帶的專家撤到西哈努克港乘船回國……1 月 6 日，又有 100 名專家撤到馬德望，柬方外交部禮賓司司長說，從東北的拉達那基裡到西南的貢布，一月六日只有一百多名專家匆匆回國。這些撤回國的人員，有香蕉組、礦山組、橡膠組、碾米組、鐵路專家組、挖掘機組，還有留學生……一月八日，駐柬使館和各專家組數千人，從波具小鎮越境進入泰境阿蘭。

文章說，一月四日，柬方以為局勢緩和，通知孫浩大使回金邊。柬外交部長英薩利希望使館和專家留下來與他們一起打游擊。孫浩大使回復，必須請示國內。

文章說：「我從西南方向撤退到磅遜港的 500 多中國專家，都上了正停泊在那裡的 3 條貨船。英薩利要我使館做工作讓專家下船，經請示國內後拒絕了柬方要求，船起航回國。」

文章說，一月五日上午，越軍分三路迫近金邊，使館人員再次匆匆撤離金邊。一月六日，一趟中國民航機從北京到金邊，大部分使館人員、一些專家，西哈努克夫婦等三百人坐滿後，又擠進羅馬尼亞大使。

從上述邢和平的文章足以說明：除了金邊及周圍地區、接

近東泰邊境的馬德望省以及西哈努克港口及附近地區之外，廣泛的內陸、偏遠地區，中國專家無法出逃：

一、越軍攻勢如摧枯拉朽，時間緊逼；

二、紅色高棉高層對戰局估計錯誤，進退失據；

三、連西哈努克親王和幾位大使也都慌張狼狽、倉促上機；

四、紅色高棉外交部長英薩利兩次要求中國大使和專家留下；

五、全國水、陸、空交通和通訊聯絡系統極其落後。邢和平的文章承認，僅在磅占市，六十名中國專家，只有七名回到金邊，另五十多名失蹤。

六、中國專家寸步難行，無法自救。

那麼，全國無法出逃的六、七千名專家最後的歸宿是什麼？從下列事實推斷，極有可能死於紅色高棉軍隊的屠殺：

一、從本質看。紅色高棉是一個非人類的罪惡組織。柬共總書記波爾布特連自己的人民也殺了兩百多萬、數十年的親密戰友也被一一殺害；

二、從事實看，大量當任中國專家的華僑翻譯員絕大部分死於紅色高棉的屠殺。公開的名字有川龍市八位翻譯員；

三、從傳聞看。一九七零年，戰爭爆發後，有七、八百名激進華僑師生、文化界人士投奔紅區支持「革命」。但在紅色高棉迫害下東藏西逃，他們分佈東南西北各

地。戰爭結束後，通過互通消息透露：以黑衣為軍裝的紅色高棉軍隊在越軍淩厲攻勢下無路可逃，竟強行把中國專家換上黑衣，再用機槍盡數掃射。其中有兩位分別是林姓和翁姓的朋友親口對我如是說；

四、從邏輯看。紅色高棉的一貫惡行是「滅絕」：中國專家與其死於越軍槍下，不如死於「革命戰友」；

五、從陰謀看。專家臨死前被迫穿上黑衣，其真實身分可以瞞過越南軍隊和當地民眾。

六、從時間看。快五十年了，中國官方或有幸逃脫回國的專家至今沒有交代或公開敘述或當年整體援柬專家的來龍去脈、最後去向、生死存亡。唯一的解釋是讓整個事件淹沒在漫長的時間裡。

　　柬埔寨難民還有逃生之路，至少得到國際普遍同情，或幸運的為西方國家收容，過著自由幸福的生活。而在走投無路、獸性發作的紅色高棉軍隊的機槍猛烈掃射下，可以設想，六、七千名身穿黑衣的中國專家，絕望地呼天搶地、聲嘶力竭的號啕之後，鮮血淋淋灑在異國他鄉的土地上，冤枉而死。

　　上述六、七千名中國援柬專家的家屬，是否收到通知？官方給予什麼評價？他們是「國際主義烈士」？還是讓這重大慘案不了了之？他們之死，是「重於泰山」，還是「輕於鴻毛？」

　　如果這個黑箱永遠無法打開，那麼，人們有理由相信：中

國當年大力援助的、最親密的馬克斯列寧主義革命戰友，用自己無私援助的機槍親手殺害了多達六、七千名自己國家級技術精英。

　　一方玉石俱焚，一方啞巴吃黃連；有人冤死他鄉，屍骨無存，有人渴望此案永遠沉寂，雲消霧散。

　　　　　　　　　　　　　　　　　　（2024年2月4日）

三、旁聽國際法庭審判紅色高棉

記述文

　　今年十一月二十八日上午九時，我來到距金邊約四公里、與柬埔寨國防軍軍營比鄰的聯合國審判紅色高棉的國際法庭。

　　法庭外面的廣場上，停泊著數十輛轎車，四、五輛大巴士和多輛摩托車。

　　上百名穿著校服的青少年學生和十來位西方人排隊準備進入法庭。

　　我和他們一樣，先在左側的窗口辦理手續：登記身分、託管我的照相機和手機（法庭內禁止拍照和通電話）、領取一張入門證。然後再到右側大門排隊，等待接受安檢。

　　這一天，對惡名昭著的 S21 屠殺館劊子手康克尤（Kaing Guek Eav）的審判已進入最後程式。二樓的法庭主會場上，一千多個座位已經坐滿，只能從電視看現場直播的樓下約四十位的小廳也已滿座。與這小廳為鄰的，是記者室。約三十名西方男女記者聚精會神地面對各自的電腦和現場直播情況緊張地工作。

　　我只好跟著幾百名青少年學生、約二十多位西方人和一些高棉人坐在法庭外面搭起的大棚下的椅子上看大螢幕電視現場

直播。在這裡，人們可免費飲用礦泉水。大棚的盡頭，有售賣麵包、熟食品、零食和飲料的攤檔。

十多名包括法國、加拿大等國的西方記者和法庭的攝影記者、柬埔寨電視台記者在周圍向聽眾進行採訪。

法庭上下還有許多工作人員，彬彬有禮地為聽眾解答問題。他們說，法庭每天都安排五百名中學生前來旁聽，他們來自不同省份。他們都是自費而來。其目的是讓下一代人瞭解柬埔寨有過紅高棉統治的歷史。

他們說，今年二月開庭時，還見到中國和其他亞洲國家的記者，現在他們基本都不來了。而西方記者們是鍥而不捨地一直到這裡採訪，隨時向他們的國家發布消息。

他們還告訴我，國際法庭歡迎任何人，若擁有前紅色高棉殺人的證據，例如埋人的坑洞，死者殘骸等等前來舉報，國際法庭必會安排時間和人員免費護送他們前往採證而不計路途遙遠、道路艱難。

工作人員還指著法庭外右上方、有四、五個持槍的軍人守衛著的一間平面建築，對我說，那裡囚禁另外四個紅高棉大頭目：前民柬國家主席喬森潘，前外長英薩利，前柬共副總書記農謝和前社會事務部長、英薩利的妻子英蒂迪。他們都已八十左右的高齡。四人被分開隔離，但每天可觀看電視上的法庭現場直播。

現場還擺放許多供人們免費索取的小冊子和其他印刷品，

介紹有關國際法庭審判紅色高棉的籌備工作、法律程式、康克尤的簡歷、七名法官、九名檢控官、兩名辯護律師和十五名國內法律師的資歷。

在上述法官、檢控官和律師中，十七位是柬埔寨人，其他人來自法國（四人）、新西蘭、澳大利亞｛兩人｝、美國、阿聯酋、印度、貝林、英國、瑞典、德國和法屬瑪拉加斯卡。在上述三十二人中，八位是女性。

大法官由柬埔寨的尼嫩（Nil Nonn）擔任。他早年考取越南胡志明市法律大學學士，並於 1993 年在馬德望省擔任大法官。他熟悉國際法和人權法。除了柬語，他還精通英語和越語。

電視上，主要是播送檢控官謝蓮（Chea leang）女士冗長的發言，偶爾也出現六十七歲、穿著半舊的淡藍色囚服、溝壑的臉部遍佈老人斑，眼睛大而無神的康克尤的畫面。

每次開庭、休息和結束，都由尼嫩大法官起立宣佈。

謝蓮是法庭審判康克尤的主要檢控官。她於 1995 年畢業於德國馬丁路特大學法律系，96年開始其法庭審判部的工作，後期又在丹麥進修人權法、在日本參與關於國際犯罪法庭的判決。

上午十點三十分，有九十分鐘休息。十二時正，繼續開庭。我這時可走上二樓主審法庭現場。

在這裡，每個入場者必須再次接受嚴格安全檢查，連和尚

也不能例外。

　　開庭的鐘聲響起，隔著聽眾大廳的法庭拉開闊大布幕，隔著玻璃，可見法庭正中分兩排端正坐著主審法官、檢控官和律師共十六人，下面左側是多位檢控官，右側是兩位辯護律師、記錄員。康克尤坐在右側最下面的被告席上，他的兩旁各有一位看守他的員警，左側的最下面，是為數大約十人的證人。

　　每個觀眾座位上，備有耳機，可即時收聽法庭上的發言，分別有柬、英、法三種語言。在這一千多位觀眾中，絕大多數是本地的高棉人，接著是西方人。

　　尼嫩大法官首先起立，宣佈復庭。接著謝蓮檢控官起立，開始繼續她上午的發言。

　　審判紅色高棉的國際法庭自今年二月十七日開庭以來，謝蓮檢控官代表紅色高棉統治時期受害的近兩百萬死者和全國人民，列數紅色高棉統治三年多來各個時期的種種滔天大罪，例如用暴力和謊言驅趕城市人民到偏遠山林自生自滅，強迫全國農民在極端惡劣環境下超體力勞動且不顧病老殘弱，讓全國人民遭受飢餓、疾病的摧殘，以清除階級敵人為名大批大批屠殺無辜民眾，有許多是整個家庭成員男女老少全被殺絕。其所採取的殘酷手段包括活埋、投河投井、刺殺、砍頭、槍斃等等；在其剛上臺期間，把大量被懷疑投奔越南的民眾集體殺害，當其下臺期間，又把不再跟隨其出逃的數以千計的民眾就地殺害。導致全國各省市、鄉村、山區甚至無人煙的原始森林遍佈

人民的屍骨殘骸。所有被害的民眾，都是在毫無救援、無法反抗地極端痛苦而死。所有這些，都是柬埔寨共產黨對國家和人民所犯下的不可饒恕的滔天大罪。

謝蓮說，康克尤作為柬埔寨共產黨中央委員，得到柬共高層的信任，對被投進 S21 監獄的一萬七千名民眾，他有絕對權力、不受絲毫制約地向被捕者施加任何最殘暴的手段，包括挖眼睛、鋸腿、身體倒吊淹水、電刑、剝指甲、刀刺孕婦腹部、夾切婦女乳頭、槍擊嬰兒頭顱……等等令人髮指的酷刑。除因柬共迅速倒臺，康克尤等人來不及殺害的幾個人之外，所有被捕者無一例外遭受酷刑而死，他們之中有自己的幹部、軍人、工人、醫生、大量的農民及其子弟……

謝蓮這最後幾天的發言，是她幾個月來發言的系統總結。為此，她和她的班子做了大量繁重的工作。她詞鋒犀利，聲音清晰而洪亮。在義正詞嚴地宣讀她的起訴書中，她並不使用「紅色高棉」這字眼，而直接用「柬埔寨共產黨」加以控訴。多少個月來，她每天連續多個鐘頭發言，保持精神飽滿、毫無疲態，深深打動了聽眾和法官。

在這之前，許多柬埔寨農民和信奉伊斯蘭教的占人也紛紛上庭作證。法庭上還有一位重要證人，他就是 S21 屠殺館最後死裡逃生的七十多歲的 Chum Mey。他的十個足趾甲至今仍殘缺不全，兩耳重聽，有些畸形，因為雙耳受過電刑。

但是，審判過程並不順利，康克尤的兩位辯護律師、國際

著名的法國人 Francois Roux 和柬埔寨人 Kar Savuth 認為，證人們的發言有矛盾、重複、語無倫次等等，有些證詞屬於道聽途說，或不能准確回答他們的提問等等，法官不能以此作準。

對此，尼嫩大法官發言，提醒兩位辯護律師說，柬埔寨農民基本是文盲或半文盲，他們只會用樸素語言陳舖直述而沒有法律常識，故不能全部推翻他們的證詞。兩位律師又認為，法律不能為任何輿論所左右，而必須要有充足的物證。

為了取得令人信服的證據，各地不同的證人、法官、檢控官陪同辯護律師到了許多不同地區去挖掘大量死者殘骸，經過科學驗證，證明死者死於紅色高棉統治的年份，屬於嚴重外傷或折磨等等非正常死亡。

辯護律師又提出，無論如何，康克尤只是個執行命令者，他不能違抗上級的指令。否則，他也必然自身難保。Kar Savuth 激動地大聲說：「各位全搞錯了，一切的罪行都是柬共中央最高領導層，康克尤不能違抗命令，否則他不但自身難保，還危及全家人。此事若發生在諸位身上，你們將怎麼做？顯然他是無罪的，現在就把他釋放吧！」

寂靜的康克尤也激動起來，但他不是為自己辯護：「我不同意！我是有罪的，判我無罪只能讓我更加痛苦……我對人民和國家有罪！我寧願受刑！」

在大量有關康克尤操有對被害者全部屠殺大權、可以對被害者採取任何屠殺手段、自始至終自行策劃、自行處理並得到

東共中央絕對信任的證據後，律師們終於無話可說。

為了彰顯法律的公正，法庭破例安排了由法警帶上被告康克古尤陪同法官、律師、公訴人、檢控官、證人等到s21屠殺館現場重現當時情景。到了現場，康克尤渾身發抖，不敢向前跨步。

在這最後一天的審判中，康克尤承認了絕大部分罪名，並在電視向全國人民道歉。這也是為什麼審判一個康克尤花了整整九個多月的原因。

最後，謝蓮檢控官要求法官判處被告康克尤四十年徒刑。

但是，對康克尤的判刑要等到明年一月。

據說，下一個受審者——原東共外交部長英薩利要等到2011年才開庭審理。如果以此時間類推，則全部結束對五個僅存的紅高棉最高頭目的審判要拖到2017年。那麼，肯定有人因年老死去而逃過這場世紀大審判。

（注：2010年初，國際法庭判處康克尤三十五年徒刑，後改判四十年）

（2009年12月15日）

四、亂世情緣

散文

一九七四年一月初，柬埔寨戰爭時期，我在東南波羅勉省紅區一偏僻鄉下做小生意，被紅高棉公安定性為資產階級敵人準備施以逮捕，倉促間在朋友的幫助下緊急出逃。我們計畫到約三百公里外的東北桔井市。

多天後，我們的機車抵達中部的磅湛省。朋友安排我渡過湄公河，在一個叫「棉花窟」鄉的河岸暫住，等待後續的友人繼續我的路程。

那天清晨六、七點吧？岸邊上一間用竹子和木板建成的大屋前的瓜棚下，聚集了二十多位男女青年，他們腰系水布、綁著水壺戴草帽，各拿著鋤頭或刀斧，個個充滿朝氣，磨刀霍霍，準備出發到後山開荒種植。

這一帶聚集了上百名來自金邊或其他城市的華僑中的教育界、文化界、商人、青年學生和他們的家屬。他們或為了逃避戰火、逃離紅高棉或為擺脫親美的金邊朗諾軍政府的逮捕聚集而來。大家安身立命、團結互助、務農生產，等待戰爭結束，回歸正常的和平生活。

因赤棉控制得嚴，一時又籌借不到機車，我只好暫時住

下，等待時機。沒想到因為有些草藥知識，半個月後，被長輩們安排在此落戶，一住就是六年，澈底改變了命運。

我們這群來自五湖四海的年輕朋友，每天早出晚歸在不同工地勞動：三公里外的山區開山辟林種山稻、近處的河灘種番薯、鄰近田野種不同的農作物等。此外，距大屋半公里左右的醫療組，由原來的城市醫務人員組成，為鄉里的華僑和高棉人、越僑治病。人多事也多，於是需要有人縫衣服、糧食分配和管理、炊事、砍柴挑水釣魚捕撈等等。還需要與當地政權、僑社和華校教職員的聯絡工作。

剛來時，我住在大屋裡，一早就跟著大夥到河灘種植，中午回來休息一會，就到屋後的農地種玉蜀黍、甘蔗或木薯。

大屋裡有一輛縫衣車，一位年輕的女裁縫師每天為朋友們縫補衣服。她一直做到黃昏或有人通知到醫療站出勤。原來她也是醫務人員——在主診醫生分配下為病人掛瓶、打針、接生、針灸、外傷包紮、護理等。她還兼職物資管理和分配。

與那些嘻哈不停，愛玩好動的青年不同，她認真嚴肅，沉靜穩重。她來自哪裡？叫何名字？我這路過的陌生人，性格內向，覺得這位樣子清瘦、形象清純的她與眾不同。

一天早上，我拿來一件單薄的被單。問她，邊緣快脫線了，你可幫我縫補嗎？她望著我，接過來，看了一下說：「可以。」她很快縫好，交給我。我向她道謝。幾天後，她來問我：「一位姐妹腋下長個瘡，聽說你是草藥醫生。請問用什麼

草藥好？」我說：「用『葉下珠』，混合些鹽，舂來外敷。葉下珠到處都有，近處的田野也有。葉下珠還可治療瘧疾高燒不退。」「是使瘡消失還是化膿？」「未成膿可消，已成膿可潰。」

幾天後，負責的長輩通知我：「留下來，就到醫療站工作。」

醫療站七位醫務人員都是女的，除了兩位長者，個個都是二十歲左右。有朋友形容醫療站從此「七花一枝葉」。

剛來時，漁火初上。六位朋友圍住我，好奇地聽我說東南區的故事。戰爭時期，消息不靈，大家聽得入迷，我也說得起勁。可惜那位女裁縫師躲在小房間裡。房間裡傳來陣陣憂傷樂曲。

我在東南雖是赤腳醫生，在這裡派不上用場——人、地、物都生疏。人們重視西醫，西藥也充足。於是我便做些雜活如挑水、劈柴、養豬等。但我渴望與朋友們到最艱苦的後山勞動——在無人煙的山林中，驕陽烈日下揮刀斧、大汗淋漓砍樹叢。我是唯一來自東南，東南的朋友一樣能受苦；人們逐漸知道我自小來自中國，中國的小夥一樣能耐勞。

後山的勞動很緊迫——必須趕在明年雨季前開闢十一公頃可種植稻米的山田。於是我也常被派到山裡勞動，黃昏收工回到醫療站過夜。

那是雨季中期的九月。連續大暴雨，河水氾濫成災，中上

游河水衝擊河岸，大片河岸崩塌。河水迅速淹沒全鄉，直撲後山，幾天時間已成一片汪洋。

醫療站人員緊急後撤，但需要兩人駐守——應付有需要的病人、看管各種物資並互相照顧。

我會游水、划船，有力氣好使用。她與村民關係密切又能應付一般病症，便都被安排留下來。好心的村民借給我們一隻小舟，可備必要之需。

我倆每天困在竹榻上，望著外面嘩啦啦的水不停沖擊鄰近村民的高腳屋。村民早已撤退，洪水不斷上升，快到竹榻上。竹榻上堆滿醫療用品、我們的衣物、朋友們的雜物和爐灶、廚房用具等。拉上大帆布當作洗澡間，剩餘的小空間就是我倆各自緊靠的膠布吊床。屋裡唯一的大柱子綁著小舟，小舟在洪水沖擊下左右搖擺。

無事可做，聊天打發日子。她體弱多病，幾乎三天病倒一天，每次到後山勞動，第二天就發燒，淋雨也要病倒多天。此外，她還有瘧疾、胃病、貧血，心、肺、肝功能也差。她來自西南的貢布市，自小喪母，因家境貧窮，唯讀四年書，便幫父親在小攤檔上賣冰水、汽水，一年到頭每天從上午做到凌晨兩點。這樣的小生意還要養活祖母、弟妹多人，實在難熬。

一九七零年三月政變後沒幾天，她小小的木屋被朗諾軍人的炮火擊中燃燒，全家老少在熊熊烈火中亡命出逃。家人投靠親戚，為免於拖累家人，她隻身來到紅區。長途跋涉，幾經輾

轉，與一批朋友來到「棉花窟」鄉。

　　自小營養不良、後天失調，又遭遇殘酷的戰爭，她真的很瘦弱，體重只有三十八公斤，頭暈是一年到頭的常態，雙手到臂部出現大片白斑。她慶倖來到這裡，與朋友同甘共苦，有醫生有藥物、生活上也得到大家照顧。

　　我自小離鄉別井，唯讀六年半的書，做童工、半流浪，親人離散，有家難圓。幸得我是個男兒，體格健壯，在惡劣環境中不斷經受磨難，好學好鍛鍊，我自認有志氣，有能力改變命運。無論環境如何惡劣，日子如何艱難，我的未來是美好的，前途是光明的。

　　我感謝她向我坦告她的身世，我想她知道我的身世和經歷後，理解我有同情弱者的心，我倆是同病相憐。我天生愛挑戰，改變她的命運是我最大的挑戰。

　　我從政變前後談到在東南不斷奔波的生涯、我的草藥知識、赤腳醫生經歷、到此落戶的感受等。我們日夜相處，同吃共聊，彼此瞭解很多。

　　一周後，洪水漸退，有些後撤的村民回來了。我倆開始整理屋子和物資。後山勞動仍然緊張，朋友們還沒回來。泥地未乾，木榻上仍然兩頭綁著我倆緊靠的吊床。

　　這天晚上，我們又在燈火下聊天。我拿出五隻日本和瑞士名表，告訴她，這是我在東南做生意時賺來的，名貴又保值。將來我倆可靠這些過上好長日子。她有些吃驚，但終究明白我

的意思。

她很猶豫，接著便堅決地說：「不可以！不可以！」

「太急促嗎？對我不放心嗎？許多人還一見鍾情，白頭到老。」

她再次明言：「我理解，但真的不可！」

「怕我沒誠心？」是的，婚姻是終生大事，女人終究是弱者。一失足成千古恨。

她很猶疑，沒說下去。

我說：「聽母親說，小時候，有占卦的說我將來娶的是富豪的千金，是享受富貴的『姑爺』；另一個說，我的婚姻很坎坷，沒女孩子看上，也爭不過別人。」

她隨即說：「你母親說對了。但現在哪有什麼富豪？別喪氣，你不是無用之人。」最後，她問我：「這裡的女青年多的是，各種條件都比我好，為什麼偏偏看上我？」

我說，我喜歡她的個性：堅強、沉穩、認真和聰明。我列舉她雖然體弱，但常主動要求到後山勞動鍛鍊；她工作一絲不苟；她沒受過正規培訓但西醫技術很好，能獨立接生，病人和村民都喜歡她。她身兼三職，說明她辦事能力強。再舉一例，有一次，她為鄰村多位高棉人治病，病人集體送來一批米糧，出村時被幹部沒收還發難。朋友們想盡辦法、竭盡努力均無功而返，最後靠她親自到幹部辦事處交涉終於取回米糧，還受到其上級對她為人民服務的無私奉獻精神大加讚揚等等。

她自小命苦，與我是同病相憐。我吊兒郎當，有勇無謀，處事缺少參謀助手，正需要一位元聰明幹練之賢內助；她體弱多病、孤苦伶仃，也需要一位元年富力強、有雄心壯志的真漢子。雖然這裡的男女青年很多，但彼此投合恐怕沒有。

　　我想，此刻的她，應該明白我的真心實意。沒想到她竟說：「且未說你娶了我，一定後悔一輩子，更何況，一切已經太遲了、太遲了，事情無可挽回。我們就做個朋友，你還是打消此意吧！」

　　「太遲了！」是有人慧眼獨到、捷足先登？而她也答應對方的追求？

　　終於，她告訴我，兩個月前，一位長輩對她說：「你們年輕人離開家庭和父母，我們做長輩的，有責任照顧你們。你的年紀不小，身體很虛弱，長年生病，怎樣過一生？我們幾個長輩商量後，有意介紹一位很優秀、很可靠的男青年作你的終身伴侶。他就在距『棉花窟鄉』二十公里、另一個農場的朋友。他品德好，樂於助人，正直，而且身體健壯，又是勞動模範。你們若都有意思，就安排你們在一起。將來結婚了，他必會很好照顧你一輩子。」

　　她說：「叔叔，請你們不要為我操心。我決心此生不嫁人，我身體太差，不想拖累人。對此，我早有心理準備。」這長輩又說：「哪有女大不當嫁？我們介紹的絕對錯不了。這男青年也答應雨季過後就來這裡來相親。我們安排他到醫療站住

幾天，順便在此勞動。你細心觀察、瞭解，再把你的意思告訴我們。你人還沒見，怎麼就拒絕了？」

她歎了口氣，說：「我真的不想結婚。娶我的人一生都很累贅─我估計只活到五、六十歲。但為表示對長輩的尊重，免得說我孤僻、頑固不化，便答應讓他前來相親。他很快就來到。」

我很失望。但我倆認識僅八個月，相處僅幾天，她如此謹慎，我也要明智。

河水稍退，到後山的路還是一片汪洋。第二天，我倆把小舟推出去，到了深處一起劃水前進，準備到後山參加勞動。

她望著我劃槳，說：「你很屬害。我划船總在原處轉圈子。」

我說：「你彈琴很好聽。我記得剛來的晚上，你躲在小房間裡彈琴。」

她說：「我自量力，不討好人，不像別人圍著聽你講故事。」

我說：「我還是游泳健兒，你相信我遊過湄公河嗎？」

她說：「聽說了。我喜歡唱歌，會彈奏多種樂器：小提琴、瓜子琴。我在學校表演過擊鼓。女人很少會打鼓的。要打得有節奏，振奮、激昂、把高潮和氣氛掀動起來──政變前我在貢布市工聯體育會學來的。」

「我也喜歡自行車、長跑、啞鈴。不要叫我唱歌，會嚇跑

雞鴨的。」

「哈哈哈！有人唱歌，我立刻分辨其音調、是否走音跑調。」

我隨即試唱一首。一開口她就搖頭發笑。問她什麼調？她說是「丟掉」。

她為我唱了一首歌。果然很動聽。情人耳裡出歌後？不是，在往後的日子裡，聽過她唱歌的人，都要她唱。

傍晚回來的路上，我們劃著小舟到一處放釣，每次釣到魚，她都高興得大叫。她似乎從沒如此高興。

水全退了，醫療隊員返回醫療站，我從此與大部分朋友在後山勞動。

那位被介紹來相親的青年來到醫療站。他到後山參加兩天勞動。他外表很健壯，待人大方、熱情、友善親切，使起刀斧、鋤頭很有架勢。聽說他在和平時期是金邊機器工人，經常救濟貧窮的朋友。

工人階級、勞動模範、長輩推崇。我呢？既不像醫生，也不像農民，文不文武不武，什麼都是半吊水。

大概五天後，他離開了。從此不再來了。

她告訴我，他很優秀，難得。但她也從其他途徑瞭解到他的性格。她說，夫妻一生是互相影響的，有時要互相遷就，恐怕他做不到。她已向長輩告白，此事作罷。長輩再次勸她回心轉意：「我們瞭解的你不要，你要的我們不瞭解。他只是近水

樓臺先得月。我們的眼光不會錯，一切為了你的終生大事。」

後山有兩位兄輩朋友也私下告誡我：「跟你說知心話，你娶了她就像一輩子拉著破損的牛車，欲罷不能，很辛苦。」「我當你是知己。你趁早改變主意。你給朋友們的印象不錯，你有大把機會找到更好的。」

我們的愛情定下了，也公開了。

然而，就在這時，赤棉「解放」全國，兩周後越南也「解放」了。人們趁亂四出踏上尋親和向越南逃亡之路。這種不信任革命政權的「叛國」行為，再好的朋友也不能公開。每天都有人悄悄出逃，連長輩也一個個不告而別，醫療站先後跑了五人，全體至少一半人溜之大吉。人心惶惶、焦急、無助。

我在越南有親姨母，我也會說越南話。到了越南，我更可能遇到許許多多過去的東南老朋友、同鄉，可互相照應。可是，我毫無此意，這與她的想法一致：決不離開柬埔寨。她要尋找父親、弟妹和祖母。我倆都習慣高棉的風俗文化，對高棉鄉土和人民懷有深情。我們決定留下來，與高棉人民共患難。我倆也都認為紅高棉再兇惡，也不至於排華——中國大力支持其抗戰並取得勝利而我們是僑民。

我又回到醫療站過夜。我說，你的身體會好起來，在日常生活中我會體貼照顧你；將來有條件，我用中藥調理你的身體，你一定能比別人更健康長壽和美麗。我說：「相信我，逃出牢籠，我就是雄鷹！」

艱難而漫長的日子就在眼前。她說，既來之則安之，對紅高棉要順從、忍耐和勤勞，不要把憂愁和不滿表現出來。我說，這正是我的想法；她又說，要適應和理解、不要歧視沒文化、不注重衛生的高棉農民。我說，這也正是我所想的；我說，赤棉限制人們的自由，但沒限制人們學高棉文字和語言，我不會放過一切學習的機會，在勞動中向他們學文化，既融入他們，也能改變赤棉對華僑的負面印象。她說，難得你有此想法，我真沒看錯人。我說，愛情不是看金錢、相貌，而是心靈相通。她問我，當初我是否藉口縫被單要認識她？因為被單並沒有脫線，她是把邊緣折上來縫上去。我回她，被你猜到了。她說，我常望你的背影，你的身體很健壯，臂膀肌肉結實。

　　為免深夜談話打擾別人，我倆在吊床上隔著蚊帳，各伸出手，用手指在對方手掌上「寫字」：「幾歲？」「愛」「累嗎」等等，開始時猜不透，後來便「心有靈犀一點通」，應對自如。

　　當年八月十五日，我們在幹部見證下結婚了。次年生了女兒「阿慧」。

　　在長達三年的歲月中，聰明的她做出了許多常人無法做到的事：一切順從赤棉，化被動為主動。貌不驚人而瘦弱的她得到村幹部、高棉農民和僑胞的賞識、解決自身又幫助僑胞解決困難，感動了村委夫婦……在人人自危的惡劣環境下，我們相安無事。

且說赤棉佔領全國後的八月初，新來的幹部對棉花窟鄉進行統一管理：越僑被接送回國，高棉人留在當地，華僑和我們這批早期來的朋友中的老弱、產婦、孕婦留在後山，其他的移居西面兩公里的只敦村。原只敦村男性的中、青年高棉農民和來自金邊的柬、華僑和占族民眾共約六百戶到距後山西面約四公里的瘧疾區開發。從地圖上看，瘧疾區位於中部偏東北的茂密森林和曠野中。

　　瘧疾區大部是原始荒地，空氣彌漫著迷濛的瘴氣，澗水異味重、瘧蚊大。午睡時頭腦昏沉，全身酥軟不能起身，便一直昏睡不醒直到無聲死亡，因此每天都有死人，以外來的華僑青壯年為甚，到後來連棉花窟鄉的青年陳瑞南也被抬著出來。與別人不同，瑞南是發高燒、全身滾燙如火燒身，脫光衣服狂跑而死。對此，革命政權視若無睹甚或幸災樂禍，任由家屬悲痛欲絕。

　　渡過戰戰兢兢的一年多後，我突然幸運地被派到條件較好的只敦村，與家人住在空置的高棉人屋子。

　　當時，妻子帶著一歲的阿慧從後山被遷移到只敦村勞動。白天，阿慧由別家女孩照顧，妻子和村裡的婦女們在組長──村委妻子帶領下每天到田裡勞動。組員是本村的高棉農婦和原棉花窟鄉華婦。在勞動中，妻子鼓勵華僑姐妹們要振作、爭氣，別被當地人看不起。她以身作則，積極勞動，以洗脫「華人是剝削階級」的「原罪」。村委妻原是純樸農民，在日常勞動中

漸漸與婦女們建立感情，休息時跟大家談笑。有一次，她偶爾聽到妻子哼歌曲，便來了興致，要求她唱歌。妻子說，我只會唱中文歌。村委妻說，雖聽不懂，但你的歌聲好，就唱吧！

妻子唱歌，給大家帶來歡樂——儘管是中國革命歌曲，她們也聽得如醉如癡。從此，一聽到村委妻喊「阿慧的媽，唱歌吧！」她就放心的唱，大方的唱。

勞動很辛苦，生活太單調。村委妻除了愛聽她唱歌，也注意到瘦弱的她與眾不同：力氣小而幹勁足、待人親切而嚴肅認真。

她一定把這情況告訴丈夫。村委也一定親自耐心仔細觀察。（夫妻倆是外派的農民幹部，每天與社員同勞動同吃）直到有一天，村委突然向全村社員宣佈：換掉廚房負責人——新組長由「阿慧的媽」擔任，副組長也是華人——原棉花窟鄉少婦劉德嬋。

原來的正副組長都是村裡的高棉農婦，兩人成為「阿慧的媽」領導下的組員。她倆放不下面子，聯合一批高棉村婦要求村委收回成命。村委斬釘截鐵地說：「我觀察很久了，社員對廚房的意見我也聽多了，現在必須改革。我確信，新的組長——阿慧的媽一定會做得更好。她決不會辜負革命政權的期望。

當任一個小村子的廚房負責人原不值一提，但放在當時全國普遍歧視華人、潛意識把華人當作階級敵人、幾欲除盡殺絕

的大環境下，平凡華婦當任廚房領導恐怕在全國是絕無僅有或極之少數。

　　面對以高棉社員為絕大多數、許多人憤憤不平，廚房又是關係到全村社員每天的伙食大事，妻子誠惶誠恐，表示不能勝任。村委再三說服，最後，妻子提出兩個條件：必須每天有專人劈柴挑水以供廚房所需，每天有足夠魚獲保證供廚房做餸。村委當即應允。他想得周到，把我從瘧疾區調來，與一位僅有一老一幼、名叫紹宗的金邊華僑做劈柴挑水的工；兩位原棉花窟鄉華青釣魚能手負責捕魚。

　　妻子此舉幫助四個人脫離環境惡劣的瘧疾區。

　　在擔任廚房組長兩年期間，她經受許多考驗：老村民的發難、路過幹部的跟蹤監視、一位元短暫回村探親的士兵持槍威脅……她屢屢化險為夷。除了她的冷靜和智慧，也因為得到村委夫婦的信任和支持。

　　廚房有足夠的水和柴薪，就算出色完成任務。村外到處都是柴木、枯枝，撿起來，扔上牛車再趕牛車到廚房即可，水井又在廚房近處。自己安排作息，還有機會到田野尋找充饑食材。

　　與別處一樣，只敦村也進行階級出身調查。村委和幾個外來幹部逐家上門調查登記。作為原棉花窟鄉居民我們的出身很單純。

　　階級調查運動過後，每天傍晚，常有來自瘧疾區的一批批

牛車載滿人群向森林而去。後來知道他們全被當作階級敵人被綁住眼睛堵住口，活埋在近處的林中。死者大多是金邊移民、商人、偷懶者、多病者、暗中作對者、舊社會的官員、知識份子、難以同化的伊斯蘭占族等。

時間來到一九七九年一月，鄉委和各部門幹部無緣無故失蹤，大小隊長也放任不管，竟然成無政府狀態。半個月後，人們才知道越南軍隊攻下金邊、波爾布特政權下臺。人們把興奮壓在心中，當地高棉村民卻喜形於色。人們逐漸向只敦村聚集，準備再次大遷移—回到遙遠的家鄉去，尋找失散的親人去。

我們思親情切，準備收拾行裝趕緊出逃。還沒行動，村委把「阿慧的媽」叫到其住所，兩夫婦憂心忡忡詢問我們是否要出逃？並提醒她：「你們沒米糧路上會餓死！兵荒馬亂女兒太小也難以顧全。」「留下來，有我們在。」「如果確定要走，告訴我，我有辦法幫助你們—我手上有開糧倉的鎖匙。」

再見村委！我們將到遙遠的西方國家，但不論何時何地，永記著您。

這就是平凡不過的文章開頭的「她」——我的妻子與農民基層幹部建立的特殊環境下的友誼———一個聰明幹練，一個純樸善良。

在往後整整一年的偷渡到越南，又從越南返回金邊，輾轉到泰國難民營的艱險路途中，我們見機行事，機智應對，在逃

亡路上先後遭遇到越南公安、紅高棉殘餘部隊、森林強盜、邊境土匪、自由高棉部隊、泰國邊防軍以及多方混戰，終於化險為夷，把兩個小女兒安全帶到難民營、帶到美國來。（那年，二女兒剛出世六個月）

一九八一年七月，我們一家為美國政府收容。我在紐約中餐館打了三年半工，後來到費城黑人區經營外賣餐飲業長達十一年。操勞、環境惡劣、治安不靖，人生毫無樂趣，我決心改行做藥材生意，以實現年輕時的理想。這是她唯一對我放心不下的事——她過去從事西醫，不信中醫；以為我僅僅懂些草藥；唐人街已有多家藥材店；完全沒經驗、無處取經學習、考取執照大難題、自己行醫太冒險等等。直到長壽堂開張第一天，她還很憂心。

我們的藥材店已順利走過二十三年，生意連續十五年遞增，我也積累不少行醫經驗。今天，費城唐人街基本剩下我們這一家（另一家主要是做針灸）。實現人生理想、為社會和民眾服務、生活也好起來。但妻子極少對我表示讚賞，更多的是要我謹慎從事、避免醫療事故。她是「嚴妻出慎夫」。

妻子勤勉通過電腦學習現代醫學。她大多能用現代醫學幫我為病人解釋病理。我們有今天的成績，她的功勞很大。

她是標準的賢妻良母。在我們的配合下，我們的四個子女，個個都很出色：當任兩個州的「美銀」銀行數十家分行的總監督、全美最早成立、網上銷售中成藥產品種類最多、我們

藥材店的未來接班人、美術設計（幫我設計了三本書的精美頁面）、費城醫科大家副教授、佛州保險公司福利顧問等。

有兩件事，說明她更具有超出常人的深明大義和膽色：

一九八六年，我們經營第一家外賣中餐館，位於治安不靖的黑人區，每天忙忙碌碌十多個小時艱難維持小生意。兩個女兒分別是七歲和十歲，她又懷孕六個月。有一天，她突然跟我說：「紹強，趁我還沒把孩子生下來，你帶兩個女兒回中國探望養母吧！店裡雇一人來幫忙。」我很吃驚：「你懷孕了，我怎麼可以讓你一人主持生意？」她說：「我想過了。你就帶兩個女兒去，我自己照顧自己輕鬆多了。你若此時不去，將來孩子生下來，至少要等五年。養母老了，別讓她再等五年。這麼多年，你對我說過多少懷念家鄉、想念養母的話？」半個月後，我終於回到日思夜想的家鄉。養母聽說是她催促我來的，感動地說：「真是個賢慧、深明大義的好媳婦。」

去年，有一天，她突然對我說：「我原想鼓勵我們唯一的兒子去參軍效力國家，後來有報導說參軍的華裔青年在軍中遭受霸凌，才取消此意。」

我詫異看似平凡的弱女子有如此膽色。是的，美國救了我們，收容我們，剛到美國時，又得到政府和教會許多照顧、一年的食物救濟、順利入籍，安身立命、自由發揮所長，過上有尊嚴的生活、四個兒女受到良好教育，我們是這個偉大國家的主人。對比赤棉時期生活在命如螻蟻、豬狗不如的日子，美

國，永遠感恩！

　　在美國生活近四十年，我在前方駕馭，她在後面掌舵。一如我在婚前所言：「將來有條件，我用中藥調理你的身體，你一定能比別人更健康長壽和美麗。」現在，原來瘦弱多病的她身體日益健康，精神飽滿，過了退休年齡仍在上班。從沒整容但皮膚白嫩，手上大片白斑也消失了。許許多多分別數十年的老朋友一見到她，都很吃驚：「真是奇跡！老了，為何更年輕漂亮？」

　　那是：神奇中藥　絕佳情緣

（2020年10月29日）

五、歌聖之死

散文

上世紀七十年代，臺灣最著名的歌星是鄧麗君，新加坡是張小英，柬埔寨是森沙斯莫。

森沙斯莫不但歌聲嘹亮動聽，還作詞作曲。他所唱的歌全是流露對鄉土和農民深沉摯愛的情懷、他融入的感情給人們展現新曦 的美景。他把歌頌官富豪強、虛榮假偽拒於千里之外。他每次面對不同的山河田野，會立即唱出不同內容的歌詞，他永遠唱不完對祖國河山的讚美和對純潔愛情的追求。他的代表作是「馬德望的米」、「快樂春扁米」和「情妹情妹妳聽我說」。

森沙斯莫大約於一九四三年出身於磅占省，是高棉最大的少數民族——占族。他豐厚的臉神似西哈努克親王，還擁有獨特的慈愛的眼神。人們一見到他，都會鼓掌、歡笑，接著就請他唱歌。他隨即站在民眾之中，時而豪放引吭、時而深沉傾訴……不僅那時代的人記得他，現今的高棉歌手，也奉他為歌聖。在暹粒省會的高棉民俗文化村，僅有的幾位民族精英的塑像，他位列其中。

這樣的民族歌手，對任何政權都不具威脅，反而是祥和的

象徵。因而親美的朗諾政權讓他自由唱歌，但一九七五年四月赤棉一攻入金邊就因為被他們認出而遭押上刑場。

「我犯什麼罪？」他問得太幼稚但顯然為唱歌無罪吶喊。押送他的士兵也破例回答：

「不懂嗎？與敵人勾結！」

「橫掃一切牛鬼蛇神！」

「革命是暴風驟雨！」

赤棉士兵在開槍前那一刻，要他唱歌。他唱了一首「親愛的祖國」。

「再唱一首！」

他唱了「馬德望的米」。

「再唱最後一首！」

他聲淚俱下，音調悲愴顫抖唱了最後的歌「我沒有罪！」：「為什麼殺我？我沒有罪……」他還沒唱完，就在胸膛噴血、四肢猛烈抽搐中倒下。

森沙斯莫，民族精英、高棉歌聖，他為數百萬人民和高棉民族向世界吶喊：「我沒有罪！」

（2020年6月16日）

六、兩國驚奇

散文

因為年幼，愚昧呆板便成了純樸天真；因為來到柬埔寨，中國的同學便是我的思愁；因為害怕歲月流逝，數十年的往事便留下烙印。

我出生於廣東潮安一個貧窮的農村，外祖家有幾畝地，兩間水泥屋。因外叔公與外祖父爭財產時吃虧，土地改革運動一到，老叔公搖身一變成了農會幹部，帶頭鬥地主。父母早幾年外逃出海到柬埔寨，外祖父和舅父被鬥死，舅母帶著大女兒和小兒子外逃，大兒子不幸落入農會之手，被四腳朝天拋入水池淹死，外祖母在黑夜中冒險把我帶到府城交給一離婚的貧窮婦人，趁天未亮在小山崗自縊身亡。

那年我五歲。養母阿姨還要照顧大我兩歲的兒子阿良哥。阿良哥上學，我就由鄰居幫忙看護。阿姨急急忙忙到抽紗廠上班，回來時又急急忙忙做家務。她最怕小孩調皮鬧事出意外，每天大部分時間都要我兩腳盤坐在小凳子上，像小和尚坐禪直到她叫我下來。阿姨和鄰居都誇我老實聽話。

七歲時，我到義安路小學上一年級。人們說，農村的娃娃木頭木腦，一點不假。在課室裡，我也是靜坐如小和尚，老師

講解卻不明所以。測驗聽寫時，把「你」寫成「尔」，忽聽到老師說不要偷看鄰座的同學，這提醒了我，瞄著鄰座，才知要加個單人旁。

上圖畫課。老師說，今天講故事，你們聽到故事中任何一件東西都可畫下來，例如小明帶著蘋果去看望叔叔，叔叔拉著椅子叫小明坐下談話，你就可以畫一個蘋果，也可畫椅子，可畫一個小孩表示小明，畫大人表示叔叔等等。要命的是老師的故事並沒有小明或叔叔，也沒有蘋果或椅子。我只好在紙上隨心所欲畫一間屋子，屋子前面站立一個人，天空正下雨。老師收回全班作業，翻看到我的圖畫，便在黑板上把我的圖畫「依樣畫葫蘆」，我頓時臉紅了。老師問同學：「剛才我的故事中有一個人站在屋子下面嗎？」「沒有。」「天有下雨嗎？」「沒有。」「好，這是一個同學畫的，牛頭不對馬嘴。」謝天謝地，老師沒提我的名字。

那年是大飢荒，每天都餓得不想動。一天，我和一同學坐在一棵大樹下，探討世界上什麼食物最好吃，見一群麻雀在地上跳躍，結論便是麻雀肉最香。但麻雀很精靈，無法捕捉。我來了主意，說我們兩人一起假哭，但要哭得真切，會博得麻雀同情，飛到面前讓我們捕捉。任我倆嚎啕大哭、哭得撕心裂肺，麻雀就是「無動於衷。」哭過後，更餓了，沒辦法，回家偷吃鹽巴，再躲在暗處嘔吐。

我們三人寄人籬下住在小小的四合院。女主人「三姆」是

街道委員會組長。春節快到了，她陪同上面派來的人按人口分配雞肉，我們分到半隻、一小片豬肉、一些麵條。炒麵條太香了，我含在口中久久捨不得吞下，回味了好幾個月吧？三姆的婆婆不顧雙腿跛疾到河邊尋搜老化的花生芽充飢，順便拉來許多樹枝可作柴火用，這時，三姆會忍不住說幾句：「國民黨時期還能買到牛奶、麵包呢！」

原來世上還有牛奶麵包！麵包，就是岳伯亭內街有人蹲在地下售賣的那種嗎？良哥說，別想了，有錢還要有糧票。我們的糧票還不夠買米呢！何況我們也沒錢。

後來，買火油、布料、豬肉都要有票證。我們家對面那戶人家有親戚在香港寄錢來，買了電池裝上小燈，引來四鄰小孩前去觀賞、人人嘖嘖稱奇。

除了三餐稀粥，也吃上爛番薯。聽說有人整天吃野菜雙腳浮腫。我看到一次阿姨偷偷炒米糠來吃，太難吃了。阿姨說，千萬別說出去，很丟人。我每天都很餓，放學回來快走不動了，在一巷口還遇到小狗在後面窮追而不得不拼命跑。那是我小時最大苦惱。

清晨，可聽到新聞廣播。廣播員爬上屋頂用喇叭大聲喊，大多是本地新聞。收購破爛貨的挑夫在外頭叫喊「收購破舊銅鐵、殘缺匙叉、牙膏殼一個三分……」我們三人共用一條面巾、一把牙刷、一條牙膏，擠牙膏都省呢！

有農婦到外婆（阿姨的母親）家收集尿液，滿一缸給兩

毛錢，我於是有尿意都憋著，到外婆家才尿在尿缸裡。罪過，我還在尿缸裡加些水。不過外婆會把兩毛錢給我。外婆和阿姨帶著一群孫子逛街，她每次牽我的手，都說，可憐的孩子，你雙手小得就像小通草。我們去遊西湖，在湖心亭買放冰的糖水喝，五個小孩共飲一杯，阿姨常提醒輪到的小孩，「別喝太大口啊，別人還要喝呢！」我也常在街上撿拾柑桔皮賣給藥材店，和一幫孩童擠在據說日本轟炸過的坍塌屋四周翻找銅器或硬幣，每天都空手而歸。

　　阿姨月薪二十元，她每天各給阿良哥和我一分錢。我們兩人每年學費四元。我爸媽大概半年左右才寄來四、五十元。不過有一次阿姨賺了一百元：一位解放軍踏單車把我撞倒，傷了右肩膀。他很負責任把我送回家。阿姨要他賠償一百元，他說身上沒錢，再三懇求減價。阿姨說，一百元還不一定醫好，將來這孩子殘廢了，你一走了之我們怎辦？解放軍只好把單車留下，幾小時後拿來一百元。阿姨帶我去敷藥，幾天就沒事。

　　市內有一間潮州戲院，兩間電影院，分別叫「人民」和「群眾」。阿姨晚上去看潮州戲，第二天早上就邊洗衣服邊跟鄰居談劇情：呂蒙正、薛仁貴、包公審奇案、狸貓換太子……
　　我曾到群眾戲院看魔術，也在學校安排下到潮州戲院看白話劇「向英雄向秀麗學習」。回來跟阿姨講述向秀麗同志在醫院赴身滅火挽救損失而犧牲的事跡，阿姨說，話是這麼說，我

們聰明人有危難還是先逃命。

　　我和阿良哥也曾用洋桃醃糖切片在門口擺賣賺小錢。但所有這一切，隨著革命的深入而消失。

　　曾多次有飛機低空、幾乎掠過屋頂呼嘯而過，人們悄悄議論是台灣偵察機。路口畫上巨大的解放軍用刺刀指向台灣幾個渺小的國民黨匪軍的宣傳畫。有一天，阿姨帶我去訪友，那家已上學的孩子很高興告訴我，我們從此翻身幸福了，人民最偉大。我問人民是誰？「就是我們這些人啊！」阿姨也說，是毛主席領導人民翻身得解放。

　　我和阿良哥響應毛主席號召滅四害，與群眾同時爬上屋頂大力敲打鐵鍋、面盆，一邊聲嘶力竭大喊，要把天上飛過的麻雀嚇得掉下來。好幾個小時，天空此起彼伏響聲震天，似乎見過兩三隻麻雀墜地，群眾都拍掌歡呼勝利！我們也抓拍蒼蠅裝進火柴盒交給老師……

　　有一天，我和兩位同學走在韓江畔，一位指著對岸說：「你們看到對岸有一隻大如牛的動物嗎？」我望了很久，說沒有。他說我眼力太差了，另一個趕緊說，看到了，那是什麼東西？「是我養的大螞蟻，你們再仔細看。」我還是沒看到，只好承認笨，便問他如何把螞蟻養到大如牛？他說：「先捉一隻螞蟻裝在火柴盒中，每天餵食物，待其漸大，放進小籠子……」

　　不用說，我留級了。因為留級生太多，老師讓比較老實的

我「勉強升級」。原來「老實「作用挺大呢！

　　二年級的班主任姓伍。伍老師的教學方法很特別：上課一半讓同學把頭伏在桌上休息約三分鐘。他說，休息就像加油。他每週都給成績進步的同學頒發兒童圖紙，寫著得獎者的名字以示鼓勵。那時我經常得獎，阿姨很高興。自從來了伍老師，我的成績越來越好，伍老師給我的鼓勵也越來越多，我終於不落後人了。可惜不久，伍老師被定性為「右派」，他不再來了。有一天我在路上遇到他，我高興地叫他「伍老師」。他望著我，沒有回話、似不相識，低頭急急趕路。

　　新來的班主任是余純君老師。三年級時，余老師要我們班集體寫一封信寄表達「與世界兒童在一起」。我們班被分配寫給黎巴嫩兒童。

　　學校走廊貼上「十年超英，十五年趕美」的宣傳話。

　　大街上有反貪汙、反官僚、反浪費、反走私漏稅、反行賄等遊行。國貨商店開展優質服務評比，我和一班同學晚上無事兩手空空到商店假裝購物，看哪位服務員笑臉迎人、耐心回答，在意見簿寫評語，看看牆壁上的光榮榜上誰得到的五角星最多，誰又得到多少紅旗、多少火箭。

　　從那時起到五年級，余純君老師一直是我們的班主任。她慈祥又嚴肅，教學很認真。我的學習成績不斷提高，余老師提問，我都搶著答，有一次她在課堂上問：「種植的最基本條

件是什麼？」她見我睜大眼睛很著急的樣子，便讓我回答。我「一氣呵成」回答說：「肥沃的土壤、充足的陽光、適當的水分和良好的空氣。」余老師當即表揚我，說我的成績全班數一數二。余老師講解和說話時經常引用成語而不必解釋該成語。我還記得一句「無微不至」。

余老師到我們家訪問便認識阿姨，她經常告訴阿姨我學習進步了，我得到鼓勵，更加努力。余老師病了，我和同學們到她家慰問。我要寫信給在柬埔寨的爸媽，余老師很高興，她教我寫「姨」字，她看了我的信，在教務處跟其他老師誇我。一九五九年，我準備出國到柬埔寨與父母相會，我在小冊子寫上多首表示永遠感謝余老師的詩送給她。我到了柬埔寨還與余老師保持通信、互寄相片。我說我的理想是當作家，余老師回信說：「很好！我相信你的理想一定會實現。」

二十八年後，我終於從美國回到廣東潮州老家，拜見阿姨又想拜見余老師。阿姨知道我經濟還很拮据，出國的費用又很大，便說：「沒有像樣的禮物不好，還是下次吧！」幾年後的「下次」，余老師不幸病故，我很傷心，遺憾至今。我的筆名「余良」的「余」字，表示懷念她。

且說三年級時，男同學習慣罵粗口，我也學了不少，經常「口出成粗」很難聽。班裡有男同學愛打架論英雄。長得威猛的「黃河」拉幫結派，人人都怕他，他給全班每位同學起花名，大概我體育課跑得慢，被他起名「長屁股」。他和其同夥

會無故推拉老實者、與不服者相約中午放學後在課室裡打架，雙方打到臉紅耳赤，渾身大汗或流血。我很怕他們，又不敢告訴老師，沒人敢投訴。幸好「吳奕忠」成了我的保護傘，他叫我放學時跟在他身邊──他曾經自衛打過幾人，也不怕「黃河」。有一次我和他鬧翻互不說話，我正擔心從此失去保護傘，幾天後他走過來說：「不要生我的氣，跟我說話吧！」我很感動，求之不得呢！吳奕忠便成了我最要好的同學。

我還找了兩位意氣相投的同學，學著水滸傳「桃園三結義」，三人口頭結拜義兄弟，以出生日大小稱兄道弟，發誓同甘苦共患難，出校同行，外出並肩，情同劉關張。有了吳奕忠和「三兄弟」，從此更不怕「黃河」一夥了。「三兄弟」後來因小故拆夥，我另組三人，是朱榮和許國俊，我排行第二。我到柬埔寨後，曾給班長高愛華和另兩位「兄弟」寫信，高愛華給我三次回信，還有相片，兩「兄弟」竟絕情忘義翻臉不認人。至於吳奕忠，大概要省郵票錢吧？

高愛華的妹妹惜華是組長。兩姐妹原來也是地主後代，有至親在香港或南洋，曾給她們寄來鉛筆，五彩繽紛真美麗。四年級時，她家門口被貼上大字報。兩姐妹好多天沒來上學。這時阿姨和大兒子阿良哥告訴我，我也是地主後代。但沒人知道。「要是知道了，不知會發生什麼？」我真倒楣，很害怕。幸運的是，全校沒人知道這件事，余老師還把我評為學習好、身體好、品行好的三好學生。

每週一上課前，全班同學被安排在校門口不遠處圍成大圓圈跳團結舞。大家拍手唱歌，老師指定幾位同學走出來，各再邀請一人，面對面共舞。男女同學彼此不敢互相邀請，被老師批評後女同學出來邀請男同學，男同學自嘆倒楣扭扭捏捏走出來，其他男同學「虎視眈眈」大聲訕笑，老師很生氣，說這是舊社會「男女授受不親」的陋習，從此規定男女同學要互相邀請。

四年級時，馮佛安同學介紹我加入「共產主義少先隊」，當我被宣佈光榮加入少先隊並宣誓後，共青團員、科任女老師為我系上紅領巾，馮佛安、詹明光、詹明亮、余堅高興得把我抱起來。從此，每週四下午放學後，隊員要留下來過組織生活：開會，到西湖的筆架山學打游擊、唱歌跳舞等等。

班裡的三好學生、少先隊員不多。繫上紅領巾，真的很光榮、很自豪，雖然飢餓，走在路上感覺很有勁。

學校響應毛主席號召，校長帶領六年級師生在操場修起小「煉鋼爐」，是用沙泥圍起的火爐，同學們在家裡尋找廢棄的鐵器，到處去撿拾柴火，六年級同學二十四小時輪流用大扇扇火。校長是黨員，他親自在操場牆壁寫上「人人善歌又善舞，個個能文又能武」大標語。他也在校門外高牆寫上「打倒胡風反黨集團！」口號。我們五年級就負責養豬，校內不大的院子用木板圍成養豬棚，老師用一堂課的時間指派一半同學兩人一組分頭到外間尋找野菜，另一批負責熬野菜餵豬，下午放學

後，再有一批同學負責清洗豬只和豬棚。我們還經常參加義務勞動，接力運送泥土。

一天晚上，阿姨帶阿良哥和我一起參加「反革命審判大會」。只見男女老少、人山人海，臺上站立五、六個低頭垂手、剃光頭的男子。幾位領導用擴音器輪流發言後，宣佈上述反革命分子分別判處有期徒刑。其中被判監禁八年的是我們司巷居民很熟悉的叔叔。阿良哥說，他說過一句「我們中國像牛一樣被蘇聯牽著鼻子走。」

學校開展批評與自我批評。多次書面自我批評、同學之間互相批評後，我們被要求檢舉老師的錯誤，不能寫贊揚。我絞盡腦汁寫了幾次，告訴余老師已經沒材料了，余老師說，不行，人總會犯錯，你再檢舉我，再想想校長或哪位老師在何處、何時說過錯話、做過壞事？我只好檢舉余老師處理男女同學罵架總是偏幫女生。實際上，大多是男生霸道無理。我不敢檢舉肥胖、兇狠的體育老師，他經常對著同學破口大罵，還扇耳光打人。有一次上體育課，他把全班同學分成兩隊，一隊叫「黑夜」，一隊叫「白天」，背對背站立。他說，當他大喊「黑夜」時，「白天」要趕快跑，黑夜在後面追，看誰反應快，哪方活捉的俘虜多。只見他雙手叉腰，大吼一聲：「白天」，同學們有的怕逃不及，有是怕捉不到，該追的卻逃跑，要逃的卻去追，現場亂成一團，他氣得滿臉通紅，叫出幾個男的當場扇耳光，女同學嚇得哭，被他叫出來罵。

學校貼滿了大量學生批評老師，老師互相批評，老師批評校長等大字報。挨批者沒有辯護，校長也沒有批評教師，但可批評別校的校長。校長曾帶領全校師生到其他學校學習批鬥經驗。一進校，大門入口處是一大張老師或主任批評該校校長錯誤思想的醒目大字報、各校校長互批，也有學生和老師批評校務主任、老師互批等等，目不暇給。

　　大概每個月一次，全校按照班級排隊到農村勞動，挖水溝、挑土，或拾起收割後掉在田裡的穀粒，有時去參觀菜園，聽菜農教種菜方法，聽果農講解種植菠蘿的經驗。果農說，菠蘿很容易種，種下後等待收割，收割後管理培育好，同一株可連續收割五次再翻新重種。

　　學校教的都是潮州話、繁體字，注音符號，一九五八年，我升上五年級才教普通話，注音符號取消，但也沒教漢語拼音。除了語文、算術，還有歷史、地理，音樂、圖畫、體育等。隨時取消歷史、地理課，用在勞動、開批評會、養豬等。五年級語文第一課是毛主席生活簡樸，食物簡單，蔬菜青蔥加辣椒，與全國人民一樣很艱苦節約，還要領導國家、人民。有一篇是列寧到某個場合，被守衛攔住要查證件，旁邊有人喊，「他是我們的偉大領袖啊！」列寧微笑拍拍守衛肩膀，稱讚他做得好，盡忠職守，是人民的好兒女。

　　人們都很窮，孩子們自小沒有玩具，在學校也沒娛樂，全校只有一張乒乓球台，只給六年級使用。我們下課就互相追

逐，余老師怕我們發生意外，便到處跟，我們像做賊那樣躲她，被她看到，自覺理虧，紅著臉呆站在牆上，但余老師並無斥責。後來，有同學在家裡拿來一個小皮球，我們就集中一處拋在牆上再互搶。

看連環圖，俗稱「古冊」，是我的最愛，路邊的小攤擺著許多三國演義、西游記、水滸傳等，也有狼牙山五壯士、上甘嶺、英雄黃繼光……積累好多天零用錢才能租到。

一九五九年，我本該升讀六年級，卻因準備出國與父母相會而輟學。我很失落但也理解：阿姨可省下四元的一年學費。為了辦理出國手續，兩年來，阿姨花了不少心力，因為父母子直系才能辦成。

農曆十月十四日，是我離開家鄉潮州的日子。父母花錢委託「金邊銀行」總經理黃友才先生回鄉時把我帶到香港，再在香港等待時機去柬埔寨。

友才叔於上午約九時來到，要我立刻啟程。除了幾位鄰居，我來不及跟任何人道別，阿良哥還在上學。阿姨陪我到汕頭住了兩夜等待輪渡。

阿姨在等待輪渡時淚眼汪汪哭了起來，我驚覺這是生離死別時刻，忍不住也哭了。輪渡來了，我嚎啕大哭，無論如何也不肯下船，喊著「沒飯吃也要回家」，緊拉著阿姨的手要往回走。周圍的人很多，紛紛問是什麼事？聽阿姨邊哭邊說，許多人跟著哭起來。在那個無可挽回的悲涼絕望之中，我也聽到一

些人說：「這孩子能出國也算是幸運。全國有哪個人這麼好命的？」我卻哀嘆是世上最不幸的人。我才十二歲，就要離鄉別井。唉！為什麼一切不幸都發生在我身上？正是：

離鄉別井哭嚎啕

遠隔海涯山亦高

童稚未知命中舛

入門先教辛與勞

友才叔很同情我，一路很照顧我，我每到普寧、流沙、廣州、澳門、香港就立刻寫信給阿姨，他也幫我把信寄了。途中，他說想認我作幹兒子，「問問你父母是否同意，彼此又要怎麼稱呼？」

到了香港，友才叔把我留在賓館自己返回金邊。我在香港住了四個月，沒有零用錢，自己洗衣服，自個兒在街上遛躂，車水馬龍真奇妙，食肆香味好口饞。一九六零年四月十五日，我被安排冒充一家人的兒子身分搭機到金邊，與分別十多年的父母相會。時年十三歲。

一切美好的願望很快破滅。我的母親並不喜歡我。她多疑、警戒甚至在我看來有些仇恨摧毀了我的童真。一個月後，她要我做許多家務事：煮早餐、洗衣服、洗碗、打掃衛生……在潮州，我並沒做這些，笨手笨腳的，遭到她的狠打怒罵。我很幼稚，在她面前歌頌毛主席共產黨，一見面便向她訴說少先隊的光榮。我完全不理解一個遭到幾乎滅門的人的心情，那些

在中國是天經地義的話在她聽來是故意激怒她。她從我的文章中看到我批判外祖父母是地主而怒火衝天，她說她永記我在外祖母的忌日從不跪拜，她說我太絕情，不記外祖母冒死半夜把我救出農會橫行的殺戮之地，她在對我揮拳踢腳時問我是否在中國受到教唆、接受任務前來與她作對、要繼續報階級仇？

這是絕無的事。在潮州，我對誰都來不及告別，余純君老師只關心我的學業，學校忙於內部批鬥。

一切看起來都合乎情理：地主剝削農民便必要打倒，農民要翻身才能得解放，封建社會要被社會主義所代替是時代必然、革命要有接班人便發展共青團、少先隊；然而四個至親被殺怎不懷恨？兒子忘恩負義怎能容忍？原本寄厚望而今大失望怎不傷心？父母教書十多年生活艱難卻長年為我寄錢還花大錢把我救出苦海，耗盡心血誰人理解？將心比心如果我是她我要怎麼做？

呆板，自卑、愁眉苦臉、夜裡流淚。原本以為我是聰明活潑、兩年級就會寫信的小孩的父親對我極端失望，與母親一樣親國民黨的父親從沒打我，但我有時進門，一照面他就把臉轉過去。他罵我「快點去死，你死在家裡不用等臭，我立刻用草席把你包裹後投下湄公河！」我有一個弟弟，父母說過，弟弟聰明絕頂，舉止生龍活虎，前途無可限量，他們將來依靠弟弟而絕不靠我，我給弟弟抬腳的資格都沒有。我是朽木不可雕，一文一值，一無是處、一無可取，我的字體、走路形態就是短

命相，他們料過許多事件件應驗等等。我的小姨母說，弟弟是水命，我是田螺命，毫無價值，田螺還要靠水維生。我的四叔父說「一談話就知道這孩子是庸才！就是庸才！」

我在中國是寵兒，連友才叔都要認我作乾兒子，在柬埔寨像孤兒，連至親都嫌棄。不同的少年經歷真是天差地別。我真後悔來到柬埔寨，沒朋友沒自由，只有回國才能找回快樂。但回國的路太難了：我還是小孩子，沒錢沒護照，也沒合法身分，隨時被捕。唉！為什麼一切不幸都發生在我身上？

十四歲，父母給我到金邊上學，我卻兩次留級，這印證了他們的話：我是不可救藥的、世上最不可取的。我為此自卑了多年，幾乎不敢照鏡子，不敢唱歌，相識的女青年很多，但直到二十七歲沒有女朋友。

我在柬埔寨二十年，其中因戰爭在農村十年，與父母相處斷斷續續三年多，在金邊上學和打工共六年多。那麼，我在柬埔寨十年和平歲月是怎麼度過的？我和父母親最後的結局是怎樣的？今天，我如何看待當年與父母親的關係？

一九五九年，在不同地區教書十一年的父母改行在鄉下經營藥材店。學校未開學，我便在家裡做家務，幫些藥材生意。一九六一年八月底，新學期開始了，父親讓我到金邊民生學校讀初中一年級。他說，端華學校太左太紅，民生學校中間偏左，又位於較清靜的海傍街。父母是中國舊社會知識分子，看不起柬埔寨華校，認為我是中國小高才生，沒上六年級也能

超級讀初中一。但報名時沒有高小畢業證書不過關，父親通過以前的學生、後來在民生學校教小學的楊傳道老師向校方說情，我再通過語文考試，校方便答應讓我「試讀一年」。我的學費一年一千五百元，膳食費每月四百五十元。楊老師又幫忙說服中學地理老師張克達讓我免費住宿於他的宿舍。學校後面一整排建築是教師宿舍，張老師夫婦有三個小孩。我只有幾件衣服，簡單用品和書本等。晚上，在長長的宿舍尾段地板舖草席、掛蚊帳，白天收拾起來就是活動小空間。

我的班主任是林盛威老師。班裡有學生五十六名。我們最前面兩排課桌共八人成為一組。陳偉星是副組長，我和他的交情延續了數十年。

尊師重教，文、德、體兼備。班裡的同學成績有高低，品德卻普遍優良。在這裡，罵粗口會是天大的事，打架更不可能，同學之間互相尊重，團結友愛，「祖國」、「愛國」更是每天不離口。同學們知道我來自中國，很羨慕，很好奇，問了很多事。我只說光明一面，不敢說人民飢餓、同學之間打架罵粗口、小學生男女授受不親、體育老師向學生扇耳光等等。同學太愛國，我說這些或者他們不相信，或者說我造謠、破壞祖國榮譽等等。終於，有同學嚴厲批評我逃避社會主義建設，到資本主義國家享受。「我們都想回國，為祖國作貢獻，你卻當逃兵！」「你不知羞恥嗎？」一位同學看到我準備寄出的信封上寫著「中國廣東省……」便問我為何寫「中國」不寫「祖

國」？「難道中國不是你的祖國嗎？」我不知如何與她辯駁。

好多天，林盛威老師利用上課時間要我們各小組展開批評與自我批評，也可以批評他。這是我的「本行」，我便因一小事批評了鄰座的楊松龍，他很生氣，大喊：「我是來讀書的，別管我！」現場竟沒人為我主持公道。我們八位同學自我批評後，避重就輕口頭互相批評，幾天就草草結束，也沒人批評林老師。

我們的課本來自中國，大多數教師也來自中國。學校成立風紀大隊，中隊和小隊，負責監督全校同學守紀律和秩序，初中三的黃 MM 是大隊長。每週一上課前，張德謙老師通過廣播器發表約十分鐘口氣嚴厲的風紀警示，要求全校學生樹立良好校風。有一天，初中二年級班主任、談笑風生的謝老師被舉報為右派，教學一半被責令回國。

與最紅的端華學校一樣，民生學校不設校長，由林仲安、洪覺民和操中國東北口音的蘇振明為校務主任，是為集體領導制。

同學們普遍不喜歡上柬文課。不論在金邊或外省，華僑都生活在自己的圈子，大多不會講柬語，日常生活可以不使用高棉話。「柬埔寨不是我們的國家，學中文才有前途」深入僑心。但王國政府規定華校必須把柬文當作每天課堂必上的重要科。學校也被限制一定的學生人數，民生學校大量超額招收學生，因此每當教育局前來查校，幾百名學生聽到警報立刻從後

門逃避直到通知恢復入校上課。我們上午四堂課：語文、算術、歷史（或地理）、柬文。下午三堂課；物理、英文、動物、音樂、體育輪流上。柬文與語文、算術同列重要科。學年大考，有兩科重要科不及格可以補考，補考不及格或加一科非重要科不及格便留級。

儘管同學們的柬文水準不高，畢竟小學早已學了拼音，簡單詞句朗朗上口，我連拼音都不會。柬文字像豆芽，有腳要彎曲，有手分長短，有頭還戴帽。發音輕重、高低、強弱難辨、還有捲舌頭等等，一看就反感，一聽就討厭。

除了語文，我的其他科目成績都很差。我沒上六年級，出國期間又輟學一年，中斷了六年級算術科。其他學科困難不大，算術沒有六年級的基礎就很難銜接。民生學校並非如父母所認為的低水準。平時成績，語文最優秀，物理、歷史、地理、動物還算勉強，英文、音樂、體育僅僅及格。大考又補考，柬文與算術不及格，成了班裡唯一的留級生。

母親接過我的留級通知書，說：「高棉騙人的學校，你竟然還留級！你也太無用了！你今後不用再上學了。」她不容我分辯立刻轉身走開。

我有太多的委曲：上學這一年來，母親規定我每兩周的週六下午搭車從金邊回來做家務或藥材雜事，周日下午才趕回金邊。她從不過問我的學業、問我是否有時間做功課等等；她不知道柬文科事關升留級，她自己在高棉生活十多年，全不會

說粵語；我每次回家，她僅給我五十元，作為兩周的生活費。扣除車費所剩無幾。為了買文具、理髮、交班費等開銷，我經常暫停伙食，取回伙食費，每餐花一兩塊錢在街上買麵包喝水充飢。我經常挨餓，面黃肌瘦，體育成績差；自卑使我唱不起歌。我的音樂老師批評我：「你唱歌就像背書。」蒙冤受屈無處訴，這裡不是中國，母親也不是阿姨。

一九八七年，我在費城家中見到移民澳洲、前來探親的楊傳道老師，我把當年事告訴他，他吃驚地說：「真想不到。你為什麼不告訴我？我必會幫你，或者告訴你的父親。很遺憾，你要跟我說啊！」楊老師不瞭解，父親對我也沒好感，何況他也怕母親。

且說新學年又到了，母親安排我到金邊麥加環街十五號「和平工藝社」打工。她怕人家不需要人工，便說：「只要收下，有沒有工資也沒關係。」這等於把我趕出家門：她可免於天天見到我這付令她討厭的臉、免於人們問起為何我沒上學，又能讓我嘗嘗外間的苦。那年我十五歲。

這間做手工裝配鏡子的小工廠的老闆黃岳平先生夫婦對我特別的好：我很高興離開了常遭受大人打罵的家，有好心情工作辛苦沒關係。小工廠十來個工人都是農村華裔青少年，大多沒文化，不會說華語，我像鶴立雞群，真討老闆夫婦喜歡。他們三個兒女太小，有些事就使喚我，我也很樂意。我常幫岳平嬸到靈芝圃買中藥、到餐館買宵夜餐⋯⋯我的月薪三百元，第

一次靠自力賺錢，我覺得虧欠岳平叔太多了。岳平叔帶家人去看電影就帶我同去，晚上沒事，我和一位工人行像棋，岳平叔的父親在一旁觀賞，為我加油。

春節到了，我沒回家。堂哥前來勸說。我極不情願回家了。父親問我在和平工藝社的情況。我說：」岳平叔夫婦對我很好。」父親說：」爸媽保證今後也對你好。回家吧！」父親勸了又勸。我注意到母親並沒開口。我還是鐵了心要回去金邊。最後。父親說：」孩子十五歲就不會再挨打。」他發誓，若我不滿意可以再回去金邊。我就這樣不情願住下來。

母親不再打我，卻經常罵我。除了繁多的家務，她要我「專注兩位夥記做生意時是否偷錢。就讓他們知道你在特意注視。」我不想傷害他們，沒照母親的話去做，這令她很光火。日子很苦悶，人生沒自由沒樂處。

半年後我又回到金邊」和平工藝社」打工。岳平叔夫婦自然很高興。還給我加工資。

新學年又開始了。有一天，父親突然托人到金邊問我是否想再上學？他可再次請楊傳道老師向民生學校說情讓我試讀初中二。只要黃老闆同意讓我免費住宿。

黃岳平老闆夫婦欣然同意，還給我借用一輛自行車。每天吃一頓早餐和晚餐。全不收費，天下有如此好人。禮拜六下午，我幫老闆做幾個鐘頭的工。晚上，我幫老闆三個兒女補習功課，想不到老闆每月還給我發三百元。大師傅良才回老家上

百公里的河岸農村「上不塞」結婚，給老闆夫婦送請帖，岳平叔叫我與他同去，他一路跟我講述高棉豐富的淡水魚和湄公河給高棉人帶來的經濟好處。

一九六三年，我回到民生學校升級讀初中二，事前，免不了又是楊傳道老師向校方「疏通」。也因我於一九六一年留級後，父母怕親友問起，便安排我到偏僻鄉下教書（詳見拙作「少年教師」），林盛威老師也知道此事，借此幫我向學校說情。少年教書並非新鮮事，我讀初中一的邢小英同學離校後也在波羅勉省鄉下教書，一位十六歲的海南籍王姓少年也曾在貢布省鄉下教書。這說明農村華校嚴重缺乏中文教師。

過去初中一的同學升級讀初中三，我見到老同學又羞又喜。但大多數老同學並沒嫌棄我。幾年後，我加入他們的聯誼會，與陳偉星、班長羅綺霞等二十多人保持聯繫。離校後，黃榮德還為我們幾位老同學義務教柬文、歐陽克、盧愛娥、姚勛銘、黃奕輝、葉潮英等與我保持多年同窗之誼。

此時的班主任是邱明老師，班裡也有同學五十多位。與潮州義安路小學的學生清一色清貧不同，這裡的同學許多是富家子弟，如朱桂亮是全柬首富朱潮豐的姪女、傅漱慧、李秀容都是出入口商行千金，李潤群是著名李葛盧製藥廠公子、陳惠良父親是大金歐市首富、鄭炳川父母購置了金邊一整座樓宇等等。他們上學放學大多有私家車接送。班裡最貧窮大概是我和黃益光。黃益光住在幹隆街中段二樓半個單位，父親在街邊賣

報紙和香煙，母親日夜在家縫衣服，勉強維持一家六口生計。黃益光是我初中二最好的同學。詭異的是，我和他的學習成績是天壤之別：他的學習成績全班最好，全科成績最高分，也是全校三千三百多名學生的尖子，後來被校方保送到中國廣州留學。我卻是全班成績最差者，全校僅有的兩次試讀生、兩次留級生。他光榮出國留學，我落魄在金邊。可惜，黃益光到中國廣州不久就遇到文革，在上山下鄉運動中被派到海南島華僑農場勞動，一去就是十年，浪費人生最寶貴的歲月：我的命也不好，同樣十年，最後九死一生當了難民。我很感謝黃益光沒嫌棄我，班裡是最好同學，校外是最好朋友。我也銘記副班長謝為申，他安慰我：「別自卑，別氣餒。你比我們更早踏進社會大學。」

　　一九六八年，全柬最紅的端華中學，有女學生不屈服於王國政府安寧部門的跟蹤恐嚇，接二連三故意進入中國大使館，出來後被抓到安寧部毆打，其中一位身體最瘦小的被打到遍體鱗傷。民生學校雖沒出現這種極端現像，但一九七零政變後，民生學校有大批師生投奔解放區，其中有兩位校務主任，一位連柬語也不會說，竟然加入紅色高棉組織，後來被波爾布特殺害，年僅四十多歲：柬文專修班的吳姓高材生祕密加入柬共地下組織，政變後成為柬共總書記波爾布特中文翻譯員，可能因對波氏瞭解太多被波爾布特處死。我還在紅區見到蕭姓女班長，林姓體育老師、吳、張、林姓等多位老師。與端華學校一

樣，許許多多民生學校師生投奔紅區，不論離開家庭與親人去參加紅色高棉、越南解放陣線或華僑革命組織，結果不是死於戰火，就是慘遭殺害、坐牢、逃亡，無一倖免。他們中的許多人本來大有前途，可以出國避戰火，卻為了一個虛渺的理想而白白犧牲。我於一九九三年到越南旅行，得悉從柬埔寨逃到越南的華僑革命者有二十多人被越共政府抓進最大的監獄，坐了十年大牢，其中就有吳、林、張三位老師。這不能怪越共，他們也有要保護國家安全，怕你們親中搞顛復。謝天謝地，邱明老師一早逃到法國，林盛威老師平安到美國。

且說初中二年級時，我還是因為柬文、算術和音樂不及格而留級。柬文，就像頭上的緊箍咒無法擺脫。當時，儘管老師安排林海同學中午為幾位程度差者補習，林海也很積極耐心，從拼音開始教，我也無心學——我的願望是回中國。

十七歲，我從此失學了。我曾踏單車到民生學校街道的外牆羨慕地聽樓上班裡朗朗的讀書聲，我知道他們新的班主任叫陳達。放學的鐘聲響起，我匆忙離開了—見到老同學如何是好？他們會問：「那不是我們班裡的留級生嗎？他怎麼來了？」

隨著中國文化大革命爆發，潮州阿姨很久沒再來信，我想是造反派要杜絕「海外關係」。我到中國領事館申請回國也遭婉拒。我必須面向現實，必須紮根高棉。我白天打工，晚上到「拉達那基裡夜校」讀柬文，我認真刻苦學習，才知道柬文

不難學。不到兩個月，一年級還未讀完，老師給我超級上三年級，還被選為班長。可惜兩個月後，「拉達那基裡夜校」因政局動盪突然關閉。

我在農村十年期間，有更多機會學習柬文柬語。舊報紙、舊雜志、老舊的柬文書，成為自學課材，農民是我的老師，只要你問，個個都會答你。在紅色高棉期間，我幫人翻譯，因為中文程度好，我可邊聽柬語邊用中文速記，「解放」初期，在農村管理還不嚴，紅色高棉地方幹部主持我的婚禮，我代表兩對新人全程用高棉語發言。我記得，過後有一位女青年誇我：「像北京電台的柬語廣播。」在泰國難民營，我幫難民寫柬文信。如果我當年有後來的柬文程度，在班裡可能居於前茅。

且說一九七零年三月十八日，柬埔寨發生推翻西哈努克親王的軍事政變，形勢急轉直下。我失業了，生活無著，不能回國、不想回家，這個年齡，最可能被政變集團拉壯丁，加上受到「生活在毛澤東時代是最幸福的時代」的潮流影響，我當時的出路只有一條──到農村去。

與許多熱血師生一樣，我起初也懷著對共產主義、紅色高棉的敬意，希望幫高棉農民翻身鬧革命、為解放「世界上還有三分之二人民生活在水深火熱之中」而奮鬥。

然而現實太殘酷了，我先是不能教中文，後是不能當赤腳醫生、更不能做小生意維生，紅色高棉就要你兩手空空去種田。我逐漸意識到活命要緊。我拒絕紅色高棉的招手，在生命

最危險關頭半夜「叛逃」。（詳見拙作「生死逃亡」）我因此遭到激進長輩嚴厲批評：「你要堅守崗位！」「你就是貪生怕死！」「你傷害了未來的中柬革命友誼！」⋯⋯

許許多多具有堅定革命立場的年輕年長者，因為堅守崗位、堅持革命立場被紅色高棉殺害了，就我所知至少有二十位。如今，有誰緬懷、悼念數百名無辜死亡的「華僑革命者」？誰承認他們是「英雄烈士」、「永垂不朽」？

我不但「貪生怕死」，也會「委曲求全」，我痛恨紅色高棉，但在他們眼裡，我老實聽話又勤勞，還學柬文柬語。這樣的人，既無威脅，殺之也太可惜。

是的，我要活命，把虛偽的革命理想遠遠摒棄吧！我來自中國潮州，親人日夜在等著我回去相會，我為什麼要白送死？那會重於泰山嗎？更因為，我的人生還有許許多多事情要做：

我要回到潮州拜見恩人阿姨、恩師余純君老師、問問少年同學是否還記得我？我可沒把他們忘卻！

我要尋找失散多年的父母，我完全理解他們當時打罵我的原由。父母對此也深感不安，並通過在越南的姨母表達深深悔意。我不應對父母懷恨，那是歷史的悲劇，時代的悲哀。多年後，我才知道父母當年沒多少錢供我讀書，為了我的學費，父母借高利貸；父母常常寄錢到潮州給阿姨來養我，又花七千元雇請黃友才叔把我帶到香港，這筆費用一直未付清。我在香港拜見友才叔，他並無追討這筆錢；我要讓父母知道我是有用之

才、能出人頭地。將來解放了，我第一件事是尋找父母，盡兒子之責─自小嬌生慣養的弟弟在家裡最困難的時候拋下妻兒和父母，去越南另娶。父母孤苦無依，於七五年「解放」不久死於柬共暴力清城的路上。作為兒子，我深感內疚。

我要找到黃岳平叔夫婦，當面向這兩位無親無故卻視我為自家人的好心人再三道謝。我第一筆寄到潮州阿姨的錢，就是從「和平工藝社」打工得來的，阿良哥給我的信說：「家裡用我寄的錢購買了一架自行車。」

我後來在金邊「柬華理事會」的公告欄貼上尋找黃岳平先生的啟事，終於與他取得聯繫，他一家經歷紅色高棉統治後在難民營為澳洲政府收容，定居於悉尼，是潮州同鄉會秘書長。我到悉尼與他們相會。一直到他們年老過世，岳平叔夫婦很識大體，從不問我和父母關係之事。

我要拜見林盛威和邱明兩位老師，感謝他們教導之恩。林老師極力鼓勵我寫作向報社投稿，多年前我給林老師寄送拙著《紅色漩渦》，他一如以往給我鼓勵：「你出於藍而勝於藍。」邱明老師在班裡讓我朗讀自寫的作文，使我在自卑之時挽回一些自尊。學年大考近了，他說：「你不用考語文課，我給你最高的五分。」

我要當盡責的教師，傳承中華傳統文化，教授當地國人文史地，不再借教書之名宣傳意識形態，害人害己；我還要當出色的記者、作家，寫作出書，不懈地告訴人們歷史真相。今

年，我成為「世界華人作家交流協會」第一百三十四位永久會員。我先後出版了四本書：《紅色漩渦》——得到聯合國圖書館收藏、榮獲賓州中美文化交流協會頒發「費城華文創作獎」；《三十年美國路》——榮獲「首屆世界華文報告文學」「華夏之筆「獎；《紅色漩渦》英文版——（柬埔寨國際機場、國際外文書局、亞馬遜有售）《從中國、柬埔寨到美國》——在「世界華人工商婦女企管協會」推薦下送交「僑聯文教基金會」等待新年度「華文著述獎文藝創作」評比。

我會有幸福美滿的家庭，我的子女個個都是善良好心又聰明能幹。果然，我的大女兒現在是全美第二大的「美銀」超級副總裁、二女兒是藥材店未來接班人，主理全美網上中藥郵購。她一家與同為白人社區關係十分密切，有事互助，她家的游泳池供區內兒童使用，鄰居常常幫她清潔泳池、有食物共用、三女兒是費城醫科大學副教授，兒子受聘為佛州保險公司福利顧問。四個兒女各有自己的豪宅，七個小孫子受良好教育。

我要用我的中醫知識服務於病人和社會。今天，我在美國經營藥材店、當坐堂中醫已超過二十四年：中醫方脈、針灸、多國多地天然成藥、網上郵購請打開網頁 www.chinesnaturalherbs.com

各類中成藥琳琅滿目。

少年去國，茫茫不知前路去向、生死前途，活著至今，便

一清二楚：原來如此曲折坎坷、危難多艱，數十年說不盡的恩怨情仇，道不完的道義驚喜。

（2021年9月15日）

七、小鎮龍蛇

散文

小鎮五個真實故事，反映柬國六十年代華社歷史。

　　柬埔寨通往越南的一號公路，距金邊六十公里，過了幹拉省的湄公河就是河良渡口。「河良」的譯音和正式的名稱應該是「奈良」。因為「河」的原因，被統稱為「河良」。

　　上世紀六十年代，河良小鎮只有兩三百戶華僑，大小商店近兩百家，最後一年的華校「培才學校」有學生三百三十名。

　　河良屬波羅勉省巴南縣，面積小，卻是交通要道和戰略重鎮：扼守波羅勉省與柴楨兩省，也通往中部的磅湛省。公路距越南一百四十公里、水路約六十公里。因此，河良渡口每天人來車往，熱鬧非凡。河良小鎮沿岸和周圍的村落多，人丁興旺，市場活躍。

　　戰爭初期，越共一天攻下河良，一周後渡過河在距金邊五十五公里處紮營。又過了一周，美國與南越阮文紹軍隊收復河良，建立小型軍事基地，為金邊解圍。戰爭中期，美國 B52 轟炸機誤炸河良的金邊朗諾軍營，三百名政府軍冤死。

　　和平時期，河良小鎮龍蛇雜混，蔚為奇觀。幾十年過去

了，一些匪夷所思的軼事也浮現了：

一、老頭威力

無官無職、無德無能，老頭威力顯赫。

一位住在三岔路旁普通木屋的六十多歲老人，體胖、半禿頭、嗓門大，衣食住行均與普通市民無異，大字不識幾個，也無聽說一生有何建樹、對社會有何貢獻。他不似富裕，衣食無憂，無所事事，唯獨喜歡下棋，卻為當地大小官員竭力逢迎討好，連人見人怕的安寧局長無事也上門與他下棋作樂；小鎮若有人惹上官非，請求他幫忙疏通再打點送禮，多能達成所願、擺平官非。

他姓池，人們尊稱他為「池伯」。他與我家有些遠親，依輩分我稱他為「池老叔」。他稱不上是慈祥的老者，但也不會霸道。走在路上，人們都要先向他恭謙致敬，他再客氣回應，以示豁達和滿意。

池老叔每次到我家串門，全家人都用高棉禮節向他合什彎腰。他再說些為人處世的大道理，我們也都不斷點頭恭謙稱是。

他的威勢越來越大。到後來，據說連省裡官員路過河良時也上門向他問安致意。他偶爾上金邊與大高官暢敘，有一次還受邀與那位大高官並坐觀看莊則棟等世界乒乓球名將的現場

表演。

池老叔的威力從何而來？從沒聽人們探討此事、無人公開議論。我年少不更事，也不敢尋問。

軍事政變發生了。池老叔突然靜寂了。他何時失蹤？到了何處？人人擔心戰爭，誰還有心思理會他？於是這個謎便一直沒揭開。

數十年過去了。有一天，與我也有遠親關係的長者前來聊天，我突然想起「池老叔」威力之謎。便問他其故。他哈哈大笑，說：「人事已全非，現在說也無防。說起來，我們與他有點親戚關係。在當時環境，我們長輩心知肚明，卻不好說。原來，池老叔的大兒子在金邊開一家頗有名氣的金店，算是社會的中上層人物。有一天，該大高官辦喜事，大設喜宴，廣招社會中上層人士，現場珠光寶氣，場面空前。池老叔的大兒子和兒媳也應邀赴宴，兩人精心策劃，先讓高官的貼身親信在席間瞄準時機向高官透露有一胞妹芳年十九，是花容月貌的黃花閨女，樂意隨身伺候高官。高官興在頭上，望著池老叔的兒子兒媳。兒媳趕緊上前，借敬酒之機暗中遞上池老叔的幼女玉照。高官一看果然驚為天人，當即暗示親信從速進行。」

謎底已開，細節不必贅言。大約兩個月後，豔事為高官夫人發現。為免官場風雨，她派人到該金行通知其兄，願開出有償條件，從速令其妹走出官府，從此斷絕關係，便不再追究。

池老叔之子收穫頗豐，不敢怠慢，趕緊通過關係令其妹

回家。

　　事情平靜落幕，但河良官場未悉其詳，官員繼續拍馬。故此池老叔餘威猶存直到政變。

二、盲人首富

無文無武、無法無良，盲人竟是首富。

　　位於河良小鎮中央市場週邊南向的第二間店鋪，每天從早到晚生意興隆。店中有多名夥記，還出動全家人，老闆又是現場指揮，忙得不可開交，買賣的呼喝聲直達中央市場。

　　這年近五十的老闆竟是個盲人，有兩個妻子，小的還年輕漂亮。在他的治理下，不但生意興旺，兩個家庭也相安無事，同心合力、互相照顧。

　　河良小鎮最富有的似乎是「成泰金行」、「成維福木廠」和「甯壽堂藥材店」。「成泰金行」是唯一金店，華僑要買金子多是到金邊，這金行做高棉人與越南人的生意；小鎮最高最豪華的建築物就是成維福老闆的住宅；甯壽堂是歷史最悠久的藥材店，後期還開了麵包小廠，自產麵包，獨門供應全市場。盲人老闆排第幾？是個無法揭開的謎。他雖然做獨門的土產批發，但如果僅僅看其店面生意，似乎還排不上名。

　　一九七零年政變後，我在紅區很遠的農村見到參加越共戰鬥部隊的盲人老闆的侄子阿茂，他親口對我說其盲人伯父一些

內情才嚇了大跳：盲人老闆竟是首富。

這侄子為何對我說其祕密？他如何知道內情？盲人老闆又有何特殊本事？

戰爭時期，每個人生死難測，隨時可能戰死在沙場的士兵更「看得開」。阿茂見到我這個同年齡的故知便容易「口無遮攔」。這是我的猜測。

原來，盲人老闆向農民購入芝麻、米穀、豆類、薯類、玉米等，除了做門市生意，主要還是轉手批發到附近各華越僑聚居區的農村小商店。農民用牛車把大批沉重的農產品運上門，盲人老闆讓夥記檢查產品品質後，盡可能壓低價錢。農民大多不會因價格低而把辛苦運來的農產品運回去。土地多的是，常年豐收，也談不上虧本。

當前來購買這些農產品的各地客戶，在過秤時，明明看到機械秤的砣子指著一百公斤，回到家一秤是九十五公斤，或當他們把貨物賣完後，統計時發現不足一百公斤。但貨已出門，盲人老闆不認帳，這也是商場行規。如果顧客不甘吃虧認真起來，會遭到他的譏諷：「你眼睛亮亮的，我還是個瞎子！」最後，顧客啞巴吃黃連。

怎麼回事？原來他練就特殊本領：當裝滿農產品的大麻袋在過秤時，他搬來椅子坐在一旁。秤量移動砣子時，聽著夥記發出的暗號便站起來，隔著大麻袋單腳踏在秤板上，暗中使力，約五公斤力道。客戶也粗心，不知盲人有本事，看不出大

麻袋後面的乾坤，任其在一坐一起之間變魔法。大多數客戶家中也沒秤，上門責問終究極少。

但即使如此，要暴富也難，別的行業獲利更多。況且農產品是有季節性的，雨季農閒時，生意便清淡。

此時盲人老闆搖身一變，到外地當「乞丐」。

他是個重利不重名的實用主義者。盲人不需要體面，無需社交，無需看人臉色。何況當乞丐是在遙遠的柬、越邊境或柬泰邊境，又能發大財。

他雇請一位導盲童，先搭乘巴士到上述地區，下車後讓導盲童用一根竹子或大雨傘牽著他在前面引路，另一隻手搖動鈴子沿路乞討。他衣衫破舊，穿著草鞋，背後捆著破草席，口中念念有詞：「好心人救苦相助」「好心必有好報」之類。到了邊防哨站，他逕向邊防人員逐個乞討。面對一個又是瞎子又是乞丐，邊防人員厭惡到極點，連連退後。到後來不准他過境，他耐心糾纏，說這邊討不到錢，請給我一條活路，過境有運氣，佛祖保佑你們，好心有好報，討到一點錢就回來等等。兩國的邊防不勝其煩，呼喝他趕緊滾去。於是他謝天謝地過了境。行乞一段路，離開連防的視線，搭上人力車，聯繫接頭人，到一處祕密地址，談妥價錢，把捆在草席裡的大把鈔票拿出來，與對方換了鴉片、毒品，再用塑膠袋包裝後捲進草席中。一切妥當，原路搖鈴行乞回到邊防站。邊防軍又用粗口罵他，催他趕快滾開。這回他不再糾纏，還點頭致意。於是一筆

大買賣做成了。

　　當然，這十多歲的導盲童也不是等閒之輩，必需配合得好，懂些行規。作為侄子，阿茂既是夥記，又當過這位伯父的導盲童。當然，伯父不會虧待他。

　　旱季大富，雨季暴富，一年到頭財源滾滾。

　　聽說，阿茂後來戰死在沙場。盲人老闆下落不明。

三、五位校長

為人師表？斯文掃地？是精明還是污點？

　　上世紀五、六十年代的二十年中，河良小鎮的培才公立華僑學校共聘請了五任校長，其姓氏按簡體中文筆劃為序，分別是文、羅、鄭、梁和賴。除首任校長外，每屆校長為期兩年，可再延聘一屆共四年。

　　與全國華校一樣，培才學校校長也從開始的親臺灣國民黨的右派向後來的親大陸共產黨的左派人士轉移。

　　按時間先後將五位校長列為1號到5號。1、2號為右派，3號為中立，4、5號為左派。

　　我的父親是學校董事長，我經常幫父親做與校長的聯絡工作，董事會也常在我家開會。3號校長也是我父親聘請來的，所以我對學校的事有所知悉。

　　1號校長教授臺灣課本，週一上課前向國民黨旗行禮，念

孫中山遺囑，高年級要學習孔孟之道。以體罰對付品行壞的學生，有時把學生打到傷痕累累，引起家長不滿，校長理直氣壯，自辯是「替家長管教孩子，鞭打是為了學生前途。」話雖如此，有錢人家或董事會的子弟，再壞也不敢打。

當時學生人數只有七、八十，分六個年級，教師三位：校長夫婦及妻姨。由於缺乏師資，因此 1 號校長執教長達六年，期間換了三處校址。最後才買了地建成新式校舍直到政變學校關閉。

匪夷所思的是，首任校長在國內唯讀到小學四年級。但由於口才好，善交際，個子高大有形象，絕大多數僑胞自身的中文水準又很低，因此竟瞞了整個僑社。幸好其妻在中國是高中畢業生，妻姨是初中畢業，在教學上取長補短。

一九五九年，2 號校長教育方針基本沿襲 1 號校長。由於中柬邦交，臺灣撤館，培才學校與各地華校一樣不再向中華民國國旗致敬或念國父遺囑。走中間偏右路線的校長夫婦也均為人溫和，雖成績平平，對比前任校長，較受僑胞歡迎，離開時學生依依不捨。

校長真有不理政治、毫無政治傾向的中立人士嗎？2006年我到法國巴黎，登門拜訪3號校長。他告訴我，他原來在金邊端華中學教書，由於絕不參加校方舉辦的一些國民黨活動或宣傳，被指為親共；到了後期，又絕不參加新一批學校領導舉辦的親共活動或宣傳，被指為親國民黨。他受聘到河良培才學

校，也專心致志於教文化。他說：「教學就是教學，不談政治。」他本人對政治也沒興趣，絕不偏向哪一方。六四天安門事件後，成千上萬人上街遊行抗議，有人上門鼓動他參加，遭到拒絕。至於「中國和平統一促進會」之類的社團，也被他拒於千里之外。

他在培才學校當校長時，我曾無意看到他的櫃檯上有一本大陸出版的《中國青年》雜誌，但這不表明他親共。他的一對兒女也在培才學校念書，該書也可能是他的兒女擁有。我在法國巴黎潮州同鄉會年刊雜誌上看到他的多篇詩作，內容全無關政治。

他在培才學校任教四年，確實改變學校一些面貌：頑皮學生老實聽話，學生成績有所提高。我曾親眼看到一位學生晚間到學校玩耍，被他擋住去路，嚴厲責問他為何不在家做功課？他在校門的碑柱寫上醒目的門聯：「宣揚祖國文化　放射民族光輝」贏得僑胞讚賞。他大力發展乒乓球運動，當學生教練，還培養其大女兒成為乒乓球健將。大女兒與河良體育會女乒乓球手組成強勁的乒乓球隊，一舉奪得一九六七年全國女子乙組冠軍，河良小鎮從此揚名乒壇。次年她又奪得全國女子乙組單打冠軍，名揚全國。

四年後，4號校長來了，培才學校發生急劇變化並引起僑社動盪。

4號校長面向青年、校友和體育會並大力發展籃球運動。

除了他夫婦外，聘請的四位教師有兩位是籃球健將，一位有文娛專長。他自己也是籃球愛好者，因此經常與校友、青年打籃球。彼此感情好，關係密切，開了教師與體育會合作、學校面向僑社的先例。

4號校長多才多藝，能編舞蹈、話劇。農曆春節，學校在籃球場辦聯歡會，他一手編排節目，配合文娛教師排練歌舞、戲劇、樂曲、滑稽劇，演出十分成功，轟動全河良：春節舞獅團拜，他親自為體育會製作大型精靈醒獅。

教學方面，教簡體字，提倡字體規範，不許學生字體潦草。他循循善誘、諄諄教導，以鼓勵代替責罵，親切取代嚴肅，深受學生歡迎，教學面貌一新。學生人數急增至三百三十多人，並於次年從小學六年級增加到初中一年級。

第二年，他執行教學極左路線，大力宣傳毛澤東思想。一進校門，迎面就是一塊寫上毛語錄的大木板、牆壁張貼歌頌文革大字報、禮堂高掛毛澤東畫像、各年級均大唱中國革命歌曲。學生回家就唱「爹親娘親不如毛主席親……毛澤東思想是革命的寶，誰反對他，誰就是我們的敵人」、街上流行「一切反動派都是紙老虎」「凡是敵人反對的我們就要擁護」「世界是你們的」……這引起許多僑胞不滿，也引起校董會的不安。擔心「培才」變成「培紅」。

但當時全國華社均如此，培才學校是順應「歷史潮流」。因此也有不少家長和青年認為這是「順之者昌「的「愛國」之

舉。校董事會首傳分裂，家長分為兩派，年輕人加入紛爭，為來年是否繼續聘請 4 號校長爭論不休。

距學期結束越來越近，河良僑社的老派勢力和一些僑胞、有識之士不再容忍 4 號校長繼續毛思想和文革式的教育，以免毒害下一代。但新派勢力、主要是年輕一代顯然占了上風。最後由德高望重、握有實權的權威人士以「為避免僑社分裂」，建議 4 號校長離開校職，實際就是不再聘請。新派心有不甘，認為有違民主原則。

聘請新校長再次成了兩派角力。老派認為印尼和緬甸排華殷鑒不遠，華僑在僑居國安分守己為上，校長必須無黨派。新派認為無黨派也必須愛國，華僑熱愛自己的領袖乃天經地義；老派說教學就是傳播傳統中華文化，不涉政治。新派說但也必須跟上歷史潮流，時代在前進。

有人提出再次聘請立場中立的 3 號校長回來。但這違反慣例，3 號校長也不是聽任使喚；有人提出一位年輕有為的林姓新派教師，但另一派打聽此君竟比 4 號校長更激進而強烈反對。

當時全國最大最有名的華校是金邊端華中學。端華中學培養了源源不斷的專修畢業生陸續奔赴各地華校，端華中學主任握有分派各地校長、教師大權，而老一輩教師日漸凋零，要回返歷史已不可能。隨著開學時間臨近，河良培才學校無奈接受其派來的5號校長。

校長到任，是僑社大事：它關係到華僑子弟的前途，影響僑社的安危利益。因而人們都密切觀注5號校長的表現。5號校長似乎吸收上任的過於招搖的「形式主義」的教訓，採取低調、只做「實事」的策略。但跟著他來任教的教師絕大多數是端華專修生，其中的訓導主任更是4號校長留下的人。這又令老派人士擔憂、不滿。此時學校不再張貼毛語錄、大字報，也沒有以往的乒乓球、籃球或其他文娛活動。一切都很低調。

隨著高棉政局的緊張，西哈努克親王日益警惕紅色勢力，他下令封閉所有華文報章，也注意到華文學校的政治宣傳。不久，河良小鎮的安寧部門提示注意到培才學校懸掛毛澤東畫像，請校董會「好自為之」。

於是一場新的角力再次發生：老派認為要遵從當地國法令，否則若遭封校將得不償失，一如報紙被封損失是華僑自己。新派認為華僑熱愛祖國領袖理所當然，懸掛主席像是原則，不能退讓。

華校如有違抗法令，被究責的就是立案校主，罪名不小，因此校主主張卸下毛像。但一些「新青年」上門對他進行「愛國教育」，使他陷入兩難。最後，他無奈接受建議：在毛像旁並列懸掛西哈努克畫像，並在兩幅畫像下面寫上「熱愛祖國熱愛當地」八個大字。

這個權宜之計可能被認為「瞞天過海」。毛學說和文革「打倒帝修反」的口號在海外行不通。就在校主憂心忡忡等待

可能的後續發展，軍事政變發生了。

　　局勢急轉直下，戰爭隨時爆發，河良安寧部門無暇關注培才學校。各地華校陸續封閉，培才學校依然開學。將近一個月後，我最後一次進入培才學校，在校門口見到蘇姓和蔡姓老師。蔡老師告訴我，政府似乎「忘記」處理培才學校的事，因而法律上還可繼續辦學。這可能是全國最後剩下的華校。但學生越來越少，這幾天只剩下十多人。是家長不讓孩子來，「但我知道有很多學生準備上戰場。」

　　數十年了，我還清楚記得這句話：十幾歲的學生準備上戰場。

　　是的，小小河良，共有數十名青年學生投奔革命。

　　一九七九年初，赤棉下臺後，念家鄉情，與我也有不少情誼，我到 4 號校長的家鄉尋找他，得到的是眾人異口同聲說他剛剛拋下妻兒，娶了小老婆逃到老撾去了。「他的原配很傷心，她還在這裡，要不要見她？」

　　接著，我聽到了 5 號校長也背叛了妻子，娶了一位可做他女兒的同事為妻。幾年後，紐西蘭一位老朋友到處托人尋找她的在戰亂中失蹤的妹妹和妹夫，原來妹妹就是 5 號校長的原配。她終於得到確實消息：妹妹在金邊苦等妹夫，妹夫在紅區另娶年輕。這已是當年教育界人士和周圍朋友所共知的事實。

　　從上述已知的三位校長外，1 號校長夫婦離任後在河良做生意直到戰爭。十多年來，鄉親們和當年的學生仍然親切稱呼

他們「校長」和「先生」（老師）。

老一代教育界即使「為歷史所淘汰」，但至少並無危害青少年，沒給社會帶來不安，保持其一生為人師表的表率，其主張傳統中華文化教育也經得起時代的考驗。

四、少年英雄

小鎮有英雄？真人實事來記起。

小小河良鎮，出了幾多少年英雄？半個世紀過去，大多還健在。且回憶，來記起。

乒乓球冠軍

一九六七年，柬中友好進入最佳時期。中國幫助柬埔寨成功舉辦首屆亞洲新興力量運動會，中國把國球——乒乓球運動帶到柬埔寨，全國各地僑社掀起熱火朝天的乒乓球運動，王國政府大力提倡這項運動，體育部門連續舉辦各種名目的比賽。

河良小鎮培才學校也興起這項運動。3號校長是乒乓球愛好者，他在河良算是「高手」，可與體育會一眾好手爭霸。他的女兒瑞琛，年方十七，在父親精心培養下，打得一手好球。父親對她要求甚嚴，要她早晨五點起身，自個兒按照乒乓球書籍所教苦練發球，其他時間與她練習接發球、對攻等。瑞琛也有乒乓球天賦，加上勤學苦練，技術突飛猛進。

校長還從高班學生發現與瑞琛同年齡的林玩音和小一歲的李寶如球技出眾，便精心培養成為「鐵三角」。

　　瑞琛學習中國近枱快攻打法，三人之中技術比較全面；玩音擅長正反手削球，常致對方接球時落網，或接球過高，給她一個箭步大板扣殺；寶如個子矮小但反應快、動作靈活多變球風如當代的鄧亞萍。三人各有所長，正好組成攻守聯盟的校隊兼體育會代表隊。

　　柬埔寨國家體育部門考慮到以往的比賽總是在強隊之間，有意讓次級球隊進行較量，以便進一步普及乒乓球運動，遂於七月學校放假期間舉辦首屆全國女子乙組比賽。這對河良小鎮是個機會，大家商定以河良良華體育會名義讓「鐵三角」為代表出征金邊。

　　校長親自為三人陪練，嚴格集訓，除技術外，還進行心理輔導，要求在比賽落後或領先時的心態如一，堅不可摧。強調「比賽第一，友誼第二」。

　　出發時，大批僑胞和體育會會長為隊伍送行。部分幹事，會友、教師、同學陪同，一行數十人浩浩蕩蕩向金邊進發。

　　來自金邊和各省會、各市鎮共有二十多支球隊參加比賽。在以三人為團體的比賽中，河良隊取得小組出線，接著在分組迴圈比賽中接連取勝、進入四強賽、決賽中再接再厲，勇奪全國冠軍。

　　第二天，各報紙大標題報導，河良和三人的名字同時首次

出現在頭版大標題上。不用說，河良小鎮也沸騰了。

　　各位看官，雖說是乙組，但河良畢竟只是個渡口，全區方圓僅幾公里，華僑人口僅萬餘。面對的是各大城市、正規體育會，大多有正式的教練，有些參賽者更有比賽經驗或久經沙場。河良隊是三個十六、七歲的「初生之犢」。首次比賽奪冠稱不上英雄嗎？

　　第二年，由於體育會關鍵人物投奔越南革命，河良隊不能參加團體賽。但瑞琛以個人名義在比賽中奪得個人全國冠軍，再次為河良爭光。

　　三位少年英雄，至今仍為河良老鄉津津樂道。去年下旬，我與在香港的瑞琛取得聯繫，話題很快就轉到當年的比賽奪冠經過。

長跑與自行車

　　有一年輕小夥，每天凌晨五點鐘從河良向巴南方向來回快跑十八公里（巴南縣城來回十二公里，再加跑六公里）；他從河良踏單車到六十公里的金邊市，費時兩小時三十分鐘（注意，他用的是普通單車，天氣又炎熱）；他從金邊踏單車到磅湛省的柬華農場一百二十多公里。（注意：當年柬埔寨不流行自行車運動）

潛水撈蝦

　　一名字叫「兩海」的二十多歲青年，外號「奇人」，是著名的「潛水撈蝦員」。他不是漁民，卻是捕撈大頭蝦的能手。兩海每次到湄公河邊，後面總跟著一群人，目睹他潛到水裡捕撈「大頭蝦」的本領。「大頭蝦」是河良特產，高檔河鮮。大頭蝦匿藏於岸邊水下，很難誘捕。兩海熟悉河岸的水下地形，他不用工具，下水後，在眾目睽睽之下，深深吸一口氣便沉到水裡，大約三分鐘過去了，人沒上來，圍觀者正擔心他出事，突然間，水面升起氣泡，「嘭」的一聲頭上來了。兩海大力喘氣，一到兩隻大頭蝦被他高高舉起，人群一片歡呼。大頭蝦匿藏水下何處？大頭蝦也會游動逃避，三分鐘時間是難以捕撈的。

橫渡湄公河

　　自一九六七年到六八年，每天清晨六點左右，河良輪渡碼頭附近水面就有一年輕人在來回游泳長達一小時。河岸有婦女浣衣，男人挑水、趕集的挑夫、拉客的越南船夫，輪渡的過客……人們好奇，這小子為何天天來游泳？

　　終於有一天，越南船夫跟他說：「你若敢遊過河，我給你三百元。」

　　小子說：「不要你的錢，明天遊給你看。」

第二天一早，天氣晴朗，小子來到岸邊，熱身後下水了。

　　游啊，遊啊，不到半小時，足足一公里的河段，被他遊過了。他意猶未盡，居然再遊回來。岸上站滿了圍觀的人。人們好奇：這小子為何在沒有任何安全措施就敢獨自橫渡湄公河？

　　橫渡一次後，他就經常空手來回渡河。有時候，他是在輪渡開到河中心時就跳下水再遊上岸。他對征服湄公河簡直是入迷了。人見為真，他的母親聽人說也趕緊來到河邊，但兒子的身子已經遊得老遠而成為個小點子，茫茫大河中像一隻小青蛙在吃力前進；於是，有大人手持籐鞭跟在孩子身後來到河岸，怕孩子有樣學樣下河游泳；兩艘大渡船經常避開遊在河中的他而從沒埋怨斥責；安寧局長把他叫到辦公室，希望他有一天能在西哈努克親王到訪河良時為他現場表演橫渡湄公河；越南人或高棉人不懂他的名字，就說：「那個遊過河的小子。」政變後，他離開河良，安寧局長找上他的父母問：「你那個遊過河的兒子去了哪裡？」

　　不但如此，他還在不同季節、不同地段，同樣沒有任何安全措施就單身匹馬橫渡湄公河：金邊王府前的四臂灣、磅湛省的隆森來河段、桔井省的「特模架」、三布多」、越南邊境河段等。有的河面比河良河段還要寬。

　　他為何要冒生命危險渡河？即使他有力氣和耐力，但只要有一次抽筋，就必死無疑。

　　他叫賴俊槐，那年二十歲，前幾年來自中國。他很不適應

柬埔寨的風土人情，還帶著中國鄉下人的遲純、幾分呆板，他讀書留級，自卑孤獨。鄰居孩子們用他聽不懂的高棉話和越南話取笑他，同母異父的弟弟不愛跟他談話，連父母也「恨他不成鋼」。他似乎一文不值，看起來永世如此。他也沒有合法的身分證件。很長時間，他沒有朋友。祖國太遠了，他沒辦法回去。

他要爭氣，要突出表現自我，要作出驚人之舉，轟轟烈烈。

往事殊堪回味。好漢須記當年勇。這就是當年的河良青少年英雄。

五、國民黨人

海外黨爭，他的表現如何？

歷史可提供現時的人理解過去，作為未來行事的參考依據；歷史有時更能證明事情的真相，明白是非對錯。歷史的可貴還在於撥開當時者迷、當局者迷的煙霧，還一片藍天白雲。

一九六八年，我在金邊一位年紀稍大的朋友知道我居住在河良小鎮，便交給我一個「任務」：「河良有一位暗藏的臺灣國民黨人，姓名林 M，四十多歲，與妻子在中央市場的小亭子做賣布匹的生意。他沒有子女，養了一隻大狗。他在僑社並不活躍，經常毆打妻子，你可注意他的行動，有來金邊時，就來告訴我。」我問他，如何注意他的行動？他指示我，監視

他除了做生意之外的活動，如經常到何處？常與什麼人在一起？有什麼規律？等等。這位朋友還告訴我要注意保密，此事對什麼人都不能說。「保密也是保護自己。」為了強調保密的重要性，他舉例說：有一位外表與普通人一樣的婦女，在做了許多保密的地下革命工作後，終於被革命組織吸收入伍。她在入伍會議上竟然看到丈夫也在場，才知道丈夫早已是革命隊伍的成員。「你看，連自己的妻子都瞞著，可知他們保密做得多好！」

東埔寨也有地下華僑革命組織嗎？我受到「有關方面」和「重用」，真是毛主席說的「世界是你們的」而自覺「任重道遠。」

河良果然有林 M 其人，一九六五年，他曾在河良對岸鄉下的育才華僑小學當校長。他一定利用教書宣傳反動言論。我與國民黨無冤無仇，但從中國到東埔寨，老師教的都是「蔣介石賣國集團」「四大家族大貪污」「國民黨反動派」，於是林 M 無端被我視為「不共戴天」。

我沒看出林 M 有何特別之處，也沒聽人說他毆打妻子的事。只是晚上九點以後，他會到我家來聊天。有一次，他對我父親說：「現在華文教育都很紅很左，這潮流不是好事……」大人談的是敏感的政治，我不好旁聽，也為了「保密」，便走開了。

父母是來自中國的舊知識份子，可能林 M 找到談話物

件。但父母一心做生意。父親附和他，母親避開他。

此外，每個星期五，林 M 會牽著狗走進近河岸的黑暗貧民小巷，小巷空曠沒障礙物，他一轉身就能看到後面的跟蹤者，為了保密，我沒再跟蹤。

我畢竟是未經訓練的「地下偵探」，所以每次到金邊都沒「料」可報。這位年長的朋友說，沒關係，能保密就好。

這年的中國國慶日，河良體育會於晚上舉行慶祝座談會。當時王國政府很注意紅色政治思想宣傳，氣氛有些緊張，僑胞和會員都不敢來，只有我們十多位幹事參加。沒想到林 M 居然來了。

現場至始至終沒人理會他，他也不介意，大方跟我們坐在一塊。期間，一位女幹事出了一道謎「什麼狗只有兩條腿？」我略為思索，便說：「走狗。」女幹事拍手說：「對了！」我這才想到此謎暗示林 M 是國民黨走狗。我在得意之時也有些不安：他畢竟是唯一的來客，我作為幹事會的總務，取笑他實在太無禮。但林 M 大方微笑。或許他也在嗤笑我們才是共產黨走狗？直到座談會結束，林 M 不發一言。國民黨人怎麼會來慶祝新中國國慶，他是來摸底？

關於林 M，我知道的也只是這些。幾十年過去了，想起當年那次國慶座談，即使他真是國民黨人，也該對他以禮相待，大方與他握手錶示歡迎，席間也不應冷落他。體育會本來就是發展體育，歡迎人們參與一切公開活動。但如此一來，我

勢必被人戴上親國民黨的大帽而百口莫辯，說不定反而成了別人跟蹤的目標？

二十二年後的一九九零年，我在西方世界某地遇到當年那位金邊的年長朋友，彼此相談甚歡。他說：「來到法國，走在清靜的海灘，望著大海，內心特別的清淨，遠離政治鬥爭，真是心曠神怡啊！」

我問他，是否記得六八年在金邊跟我說的「監視林M行蹤」的事？他說，記不起了。「西方國家的人民很文明。各方汽車開到十字路口，後到的自動讓給先到的。彼此彬彬有禮，絕不爭路權。」他說。

我說：「美國人民很文明。高速公路發生車禍，出事的車輛前方或後面必有一輛汽車停下來等著可能給出事者施以救援直到交警來到。」

遠離政治宣傳，走進人民之中。藍天白雲，海闊天空，飛翔！飛翔吧！

八、柬越恩仇

記述文

越南，是上世紀五十至七十年代世界的焦點，如今仍是東南亞焦點、在亞洲舉足輕重、甚或牽動世界格局。

越南，對柬埔寨而言是愛恨交加、其恩怨糾結跨多個世紀：她侵佔柬埔寨領土近七萬平方公里，占越南總面積五分之一；軍事占領接近十一年，掠奪大量資源、盜竊城市物資……

六十年代，其軍隊藏身於柬越邊界逃避美軍圍剿得以保存實力；她打破王國政府的中立政策在柬境城鄉廣泛發展越共地下組織。

詭異的是，越南早期幫助柬埔寨趕走法國殖民主義者，後來推翻罪惡的紅色高棉政權，挽救柬埔寨免於種族滅絕。

上世紀五十至七十年代，世界分為三大勢力：美國領導西方，蘇聯控制東歐，中國要做亞非拉第三世界領袖。越南的地緣政治，成為三大勢力爭奪的主戰場：美國全面占領越南就可扼制共產主義擴張，中國贏得勝利將大大推進東南亞「民族解放」運動，蘇聯滲透成功便建立新的勢力範圍。

戰爭結果，美國戰敗撤出，蘇聯得到越南，中國失去越南。二十年戰爭，勝利者竟是付出代價最小的蘇聯。更詭異的

是：接下來，三個社會主義國家大混戰，越南約二十萬軍隊入侵柬埔寨長達近十一年，中國出兵約二十萬教訓越南，兩國邊境戰爭也接近十一年；最詭異的是：蘇聯解體，中越明爭暗鬥，越南與美化敵為友。

美國承認在錯誤的時間、錯誤的地方打了一場錯誤的戰爭；中國說為了越南解放事業付出龐大的國民經濟，越南是忘恩負義；越南說其重大的民族犧牲也保衛了中國南大門、中國「自古以來屢屢侵略或企圖控制越南」。

河內有一石雕，是越南男女老少前赴後繼緊握衝鋒槍保衛祖國的塑像，形像鮮明、形態堅毅，寫著「越南民族有著保衛祖國、不怕犧牲的光榮傳統」。地標「還劍湖」就是古代越南國王在此得到神龜送寶劍相助從而領軍擊敗中國明朝軍隊入侵、再應神龜之召在此將寶劍交還的傳說。越南至今仍以戰勝法、美、中三個大國而自豪。勝利後，越南很長時間播送蘇聯、東歐各國的賀詞，古巴共產黨和卡斯特羅盛讚越南民族是世界上最堅強、最堅韌不拔的民族。

河內卻拒絕承認歷史上對柬埔寨的大規模入侵。

越南對於柬埔寨人民來說，是世仇，也是恩人。舉國上下熟知越南南方大部土地原屬於柬埔寨領土的「下柬埔寨」，舉國上下也熟知越南出兵解救國家和人民。之所以如此尷尬，完全是紅色高棉造成的。

紅色高棉自稱「抗美救國」、「抗越救國」，卻對自己的

人民大開殺戒，其慘烈程度史上罕見，為越南的入侵大開方便之門，十二萬軍隊剩下兩萬，戰死或逃亡高達十萬。越軍十天攻下首都，十五天占領除柬泰邊境之外的國土。

　　幾乎每一個高棉人，都離不開與越南人的感情糾葛。越南對柬埔寨的入侵創造了舉世無雙的奇跡：人民熱烈擁抱侵略者，因為世界上沒有任何一個國家能拯救他們：美國撒手不幹了、中國支持紅高棉、蘇聯幸災樂禍暗中叫好、泰國無能為力又不是其責任、老撾比柬埔寨還弱小。因為紅色高棉的罪惡，即使意志堅強的愛國者，民族主義者、「真正的馬列主義」者、虔誠的共產主義理論家、「主權高於人權」的鼓吹者、衛國勇士、正義真理捍衛者……等等，如果生活在當時環境，除非發瘋，都必會渴求越軍前來解救。

　　你要聲討越南侵略，先聲討紅色高棉。

　　你說忘記歷史就意味背叛，請記住紅色高棉。

（2021年3月28日）

九、絕境求生

散文

　　紅色高棉統治時期，從城市被驅趕到農村、偏遠地區的華僑面臨哪些困境？除了可想而知的物質缺乏，衣食言行被限制之外，主要是：

　　一、歧視。紅色高棉視資產階級為潛在階級敵人，絕大多數城市華僑又是做生意的「資產階級」，必要強力改造。許多華僑不精於高棉語，不善務農，生活習俗與高棉農民相差甚遠，紅色高棉認為農民要當家作主，因此在日常勞動生活中對華僑十分歧視、苛刻：禁止說華語、加強監視華僑、對華僑的病痛、飢餓、過勞、無助、親人分散等等幸災樂禍；在大會場狠批舊社會時期國家經濟被外國人（暗指華僑）控制，農民世世代代被他們殘酷剝削。

　　二、生病。華僑若生病，紅色高棉會認為是假病從而逃避勞動。紅色高棉有個奇怪的邏輯：人生病就沒胃口，不能進食。因此如果華僑中有人生病請假但仍到食堂進食，便被懷疑是假病而遭強迫勞動；如果真的病倒，就送到所謂醫院的和尚寺廟接受「治療」，其「醫生」會給幾顆土制草藥藥片，幸運的會得到少量西藥。寺廟沒病床，病人成排躺在地板上，或許

有草席。「醫生」不懂衛生，環境骯髒空氣差，蒼蠅、蚊子、木虱遍佈。就算病癒了，大多又患上皮膚病。

三、過勞。紅色高棉組織勞動力以年齡分配：七歲至十六歲從事牧牛、收集牛糞等；女童負責看護幼兒，十七歲到未婚男女為生產突擊隊，生活軍事化，負責最繁重、緊急、隨時調派的生產任務如挖溝渠、砍樹、興水利、開闢新田等，已婚男女到五十歲以下做鄉村的基本農活如耕種、插秧、收割等等，五十歲以上從事較輕的工作如編竹籃、畚箕、修農具等。對於城市華僑來說，烈日下、長年累月帶飢超體力勞動都是難熬的。

四、飢餓。柬埔寨本是魚米之鄉，過去年年出口大米，種田基本靠天，近百年來大多風調雨順，極少天災，農民每年還有四、五個月的農閒時間，或悠閒在家或河湖捕撈，為何「解放」後全國人民務農反而年年挨餓、餓殍遍野？原因其一是面子工程的「大區田」運動延誤農耕時節；其二是大量米糧被出口到中國以換取民生日用品如布匹、牙刷牙膏、打火機、針線、文具……雖然中國也有無償援助如自行車、中成藥、鑊頭、鋤頭等農具；其三是人民生活如行屍走肉，看不到前途，幾乎人人都消極怠工，連「當家作主」的當地農民後來也死氣沉沉、無精打采、垂頭喪氣、愁眉苦臉。紅色高棉也有宣傳畫，是工農兵意氣風發、滿面笑容、在紅旗下迎著陽光昂首挺胸健步走。看官，完全不是這回事，那是虛假宣傳！

從一九七六年到七八年，除了偏遠的東北三個人口稀少的省份和紅色高棉領導高層或軍隊之外，全國陷入慘絕人寰大飢荒。

　　我是於一九七零年政變後來到農村的，在「抗美戰爭」的五年時間有個經受考驗的「適應期」，又正當年輕力壯，五年後的紅色高棉全面執政三年八個月，我基本沒遭到歧視也無畏歧視，身體很健壯，耐勞、沒病痛。但對於正在生長發育的青春年代，飢餓也折磨著我，我不得不像許多人那樣用盡辦法和「手段」、「各顯神通」去尋覓食物，絕境求生：

　　一、湖中撈螺。有大半年時間，我被派到菜園勞動。菜園大多是老年華僑，紅色高棉幹部增派三位年輕力壯協助做重活如挑水等。我們被要求為小區提供數百人的日常蔬菜。大多時候，幹部並不在現場管理，我們相對自由。每天空腹勞動，上午十點和下午五點吃兩頓幾乎全是米湯水的稀粥。那時，我每天清晨第一個起身，悄悄到近處的小湖撈螺。這種「湖螺」很大，高棉語叫「克容」或「克扔」，沒有視覺、聽覺，有觸覺。數百個湖螺經過一夜沉底「酣睡」，天亮時紛紛浮上水面吸收空氣等待陽光。我只穿短褲，遊過去很輕松就撈上五、六個。細水長流一次不撈多（多吃也會腹瀉）。所有湖螺基本由我一人長期「獨享」，（湖底湖邊還無數未長大的中、小螺）因為整個菜園二十個人沒人會游水，在水邊撈又怕水蛭。五、六個大湖螺基本夠一頓早餐，水煮開了放進去煮熟就可吃，天

然湖鮮好味道。被人看到沒關係，華僑都是同根生，不會打小報告。不好意思，我從不分給別人吃——這種事不能太張揚，肚子太餓人也自私，誰叫他們年輕時不去學游泳？飢餓還怕水蛭？

二、野薯野筍。村外到處有野薯，大塊頭多有毒，信奉伊斯蘭教的占族人直接煎來吃，當場或隔天就死了。我們華僑先將其去皮，再切絲，泡在水裡三天三夜，期間不斷換水清洗成為無味的渣滓樣再煎來吃。一種叫「水薯」，小長枝，土褐色，沒毒，長在灌木叢或荊棘中。挖的人多水薯越來越少，膽大的妻子鑽進密林，在古塚荒墳四周發現大量水薯，足夠吃上個月。許多人知道也因怕鬼怕蛇不敢進入。雨季日子，正是「雨後春筍」，有竹林處就必然長了密密麻麻的筍尖。附近都是野竹林，只要不怕刺，人鑽進竹林就能用大刀挖出破土的鮮筍，味道鮮美、營養豐富。紅色高棉嚴禁偷盜食物、釣魚、私人種植，但沒禁止挖野薯野筍，因此婦女們利用工餘時間分頭去挖。

三、盜竊。人們心照不宣在派去挖番薯、木薯時把番薯木薯偷偷埋在地裡，趁黑夜或天未亮重回工地偷挖，或尋找薯根、斷節。我們回來時順手牽羊在路過果園時折下未成熟香蕉、果子。有一次，我過於勞累向幹部謊稱生病請假三天。因從沒請過病假又裝得像所以獲准。大半天躺在高腳屋上，忽然心血來潮到屋後林中漫步觀察，竟然發現周圍是個釋迦園。原

來村裡高棉人舉家被派到新田區落戶種田，園林沒人管理，村中無人，釋迦正是將熟已熟時節，我於是放膽摘下，用大水布包裹帶回屋裡盡情享用，也不用到食堂進食，正符合紅高棉「有病就沒胃口」的邏輯以證真病。夫妻倆把幾十個釋迦藏在土缶裡，每天就揀熟的吃，足足吃了近月。釋迦糖分多，營養高，食之很快恢復體力、臉色紅潤。

四、野味。在農村，每逢雨後就有癩蛤蟆、青蛙、蛇等出來活動。青蛙身小腿長，擅長跳躍很難捕捉，癩蛤蟆腹大足短跳躍慢易捕捉。有一次，鄰屋的陳梅雨後捉到兩只大蛤蟆，送給我們一隻。妻子將其開膛去除頭部、內髒和肚皮後，入鍋煮熟，加鹽，正是珍饈美味，饕餮大餐，正要送進口中，忽聞陳梅家裡傳來救命之聲，原來其兩歲兒子吃了蛤蟆肉中毒昏迷，雙眼緊閉，其夫也在半昏迷狀態，細問之下得知他們連蛤蟆內髒也吃了。妻子叫我趕緊把煮熟的蛤蟆湯肉倒掉。我回到屋裡，望著香噴噴的蛤蟆肉湯，怕死？怕餓？一番心裡掙紮後整鍋端上來，一口氣吃光，幸好沒事。凌晨，陳梅的小兒子死了，丈夫醒過來。

五、釣魚。我們的鄉村距湄公河約四公里，水漲時，河水通過大溝流入湖中。周圍有四個湖泊，大小溝渠無數，魚類繁多，魚產豐富。可惜紅色高棉政權只要全力種田，嚴禁捕撈。其幹部在各種會議上說：「之所以米糧不足，是因為你們私心太重，沒有齊心合力為黨、為國、為革命事業忠誠奉獻。只

有禁絕一切私心，所有人堅強奮鬥，就有充足米糧。」因此，全小區四個村，只分配不到十個人負責捕魚。除了幼兒、臨產婦、一個月內的哺乳婦、病人、「醫護」、自衛隊員之外，所有人都要從事農業生產。

　　小區於一九七五年成立公共食堂，七六年開始每戶只允許保留一個鍋子作為煎開水飲用，多餘鍋鼎、盤碗、叉匙、調味料全部上繳。禁止釣魚捕撈、私人種植，登記各戶雞隻、雞蛋數量⋯⋯人民只好為公種田，也無法逃亡。每天眼巴巴看著大小水溝、湖泊魚產日益豐富，卻只吃兩餐清水稀粥配野菜或少量蔬菜、極為稀罕的魚肉。

　　我在成立食堂之前，已學會釣魚，也藏了釣具，因此無時無刻要尋找機會去釣魚。距我居住的小村不到兩公里、那個我曾經撈螺的小湖，從早到晚大小魚兒跳躍不停，清晨和傍晚更是「熱鬧」非凡。但我必須經過一條陰森森、兩旁是密林的土路，沿路蛇蟲、大螞蟻、瘧蚊密佈，傳說有人曾聽到狼嚎聲，有些路段是多個活埋至少一百個「階級敵人」的坑洞，這已是公開祕密，人稱「一百死人路」。這土路大白天也沒人敢走。再說，小湖四周的高地，是湄公河岸各鄉村華僑的風水墓場，新墳舊墓上百。然而，最恐怖也就最安全，白天無人，何況半夜？我每週大概有一次在半夜一、兩點悄悄出發，在這土路上赤腳（早已沒有鞋子）奔跑，一可避免大螞蟻和瘧蚊，二能趕時間。放了幾根釣鉤，轉眼已有收獲，把幾條魚用大水布包起

來奔回「一百死人路」，摸黑進入屋裡，為我提心吊膽的妻子才放下心。我們趁黑殺魚煎魚，叫醒女嬰阿慧起來餵食魚肉。我們也練就特殊本領，整個過程幾乎沒聲音。

在長期的勞動生活中，我發現村外一處近遠離田園和工地的曠野有一水溝，中午烈日，無處遮陽，從無人跡，正是捕撈好去處。水溝旁有人丟棄多個老舊的捕捉黃鱔竹筒。這種竹筒長近兩米，中空，上頭開口處用長木栓插個漏斗形竹片蓋子，長木栓一頭埋進水下泥土，三分之一竹筒露出水面。滑溜溜、專吃腐爛動物屍體的黃鱔一進入就出不來。人們用死蚯蚓、死螃蟹或死青蛙放進竹筒裡，黃鱔聞到臭味、吃完腐物就困在竹筒裡出不來。但每個竹筒最多只捉到一條，因黃鱔吃完臭物，竹筒再也發不出臭味。我把蚯蚓用破布包起，綁住後丟進竹筒。黃鱔聞到吃不到，經過一個晚上，隔天中午提上來的竹筒沉甸甸，擠得滿滿大小黃鱔，被我倒在熱土地上再逐條捉起來用水布包起，把事先準備好的死蚯蚓布袋丟進竹筒放回原處等待明天大收穫，再走無人的偏僻路回家。那時正是中午一個半小時休息時間，全體村民本來就飢餓不想動，難得躲在屋裡午睡。

地方幹部、各隊隊長也要與民同勞動共吃苦，他們絕不會放棄休息時間去逐家明查暗察，更不信有人膽大包天。

但有一次，有幹部路過我的高腳屋，發現地上有類似動物肚腸的丟棄物，便問陳振華是何故？振華是近鄉華僑青年，精

通農活，一口流利高棉語，老實聽話，頗得幹部信任。振華為我解危：「聽說他昨晚抓到一條蛇，應該是殺蛇吃。」從此，我偷釣魚的事在華僑小圈子傳開來，有人好心勸我別再冒險。我暫時有所收斂。因妻子要為女嬰哺乳需要營養，所以釣魚捉黃鱔之事後來還是「駕輕就熟」去進行。

振華後來移民加拿大蒙多利爾，我曾登門造訪就此事向他道謝。

六、偷懶。偷盜竊取、夜半釣魚、烈日捕撈，不能每天進行，而飢餓是每天都發生，偷懶以減輕體力消耗也是辦法。

在紅色高棉最後一年，我從瘧疾區、條件最差的新田區被派到老村子負責廚房的柴薪和挑水工作。原來，老村民的舊組長因不善炊事，且被懷疑偷竊食物被調換。在長期勞動中，村委夫婦發現妻子工作勤快、待人誠實、性格穩重，便提拔她當任組長（見拙作「最佳情緣」）。村委以為，丈夫協助妻子的廚房工作萬無一失。

與我同時負責挑水砍柴的還有金邊移民紹宗兄。紹宗死了妻子，因老母和小女之故留在老村。老村裡原來的高棉男性被派到新田區開發，留下婦孺、幾個牧童和部分華僑婦孺，從事原有田地種植和種雜糧。

村委交給我們鋸子、大刀和斧頭各一把，一對水桶，每天由牧童在放牧時間之外定時把牛車交給我們，我們便趕著牛車到林中砍伐、運載樹枝、樹幹到廚房作柴火之用。

原來這工作十分輕松，樹林裡原就有許多枯枝、木頭，搬上牛車趕回廚房再去挑水。水井就在廚房處，三個大水缸不到十幾分鐘就挑滿了，晚餐前再挑一次水就算出色完成任務。如此大半天竟然無事可做。於是我們相約坐在林中閒聊消磨時間，等人們放工回來聚集在廚房準備進食時才趕來，在村委夫婦和眾目睽睽之下手腳勤快挑井水，如此「勤勞」有目共睹。我們博得眾人好感，村委也滿意。他經常問正副組長：「兩人幹得怎樣？」得到答覆是：「兩人工作很勤奮，廚房從不缺水缺柴。」

　　十來天後，我們發覺每天村委夫婦帶領全體社員到工地勞動期間，除了廚房員工，村裡根本無人，在林中閒聊不如躲到屋裡睡大覺，時間到了才趕到廚房挑水。果然每次都得心應手，從沒被人發現。萬一被人發現，我們也有「良策」：事先用破布包紮一隻手指，就說方才砍柴時不小心傷到手指，雖然疼痛難忍，但略作休息，便可恢復積極勞動。如此說不定還得到讚揚呢！

　　林中的柴木漸漸少了，紹宗來了主意，不用辛苦進入樹林，村裡幾乎每家的屋後地面都放置一到兩根大而長、紫紅色、十分堅硬的木頭，將其鋸短砍成小段搬上牛車更省事。如此多的長木頭半年也用不完。

　　在舊社會，紹宗從事活殺雞買賣，每天為金邊東蘇友好醫院廚房提供數十隻大雞。他說，每天清晨，他和工人把雞殺

了，清洗後用大針筒向雞腔內注入水，略為封口，增加重量，送到醫院廚房過秤收錢，再給大廚師一點回扣。

如今紹宗繼續他的看家本領，盜用老村民的寶貴木頭。我很猶豫，被主人發現怎辦？紹宗說，笑話，村民回來也是晚上偷著來，又匆忙趕回去，怎會發現呢？

這些紅樹木太堅硬，很難鋸，但確實比打牛車到樹林中砍樹輕鬆多了。我們就這樣每天都出色完成任務，每天都睡大覺。

看官，原來此等長而紅的木頭竟是村民的無價傳家之寶，防水耐燃，歷數百年也不蛀，是每間高腳屋的中心主柱，他們從十多、二十多公里外的深山密林尋找這種高聳入雲，其生長期數百年，質地堅硬、極其珍貴的紫檀屬紅樹木，辛苦將其又鋸又砍，倒下後，長時間細心、耐心削去外層，留下實心軀幹，（是為高棉語大名鼎鼎的「可辣麼」）再用牛車辛辛苦苦運載回來。期間餐風露宿，不知多少天日，如今卻被我們輕而易舉當作柴火燒。在紅色高棉下臺後幾天，老村民紛紛回來了，我們華僑「捷足先登」踏上回鄉之路，後面的人告訴我們，老村民發現傳家之寶被燒，怒火衝天，要追殺我們。

我無法說服紹宗，最多是個從犯。但請村民息怒，「一百死人路」埋的多是華僑，全國數十萬華僑白死，活著的也傾家蕩產，誰來伸冤？若無紅色高棉，我們也不會到貴村去。如今，你們有家可歸，田園依舊，我們繼續逃亡，生死難料。況

且你們當中有不少人當初也相信紅色高棉的宣傳，參與欺壓華僑，甚至因小事向紅高棉幹部打小報告，害死多少華僑？真是血淚斑斑啊！

七、撕毛書。且說柬埔寨農村到處都有棕櫚科糖棕樹，糖棕樹長得高而筆直如圓柱，樹幹似椰子樹，但枝梗堅硬、齒形如鋸，葉子和果實長於近樹端高處，生長期約三十年才能結果，其果每天源源不斷流下甜而略帶酸味的汁液，數十年不停止。此是高棉特產，汁液可直接飲用，也可熬成糖，有獨特甘飴甜味。在糧食嚴重缺乏的惡劣環境下，糖棕汁成了珍貴的飲食品。小區分配約二十個原地農民青年每天清晨流動在數百棵糖棕樹採糖汁。有些糖棕樹高達十多米，樹幹綁著長長的邅年老竹，砍下分枝，留下短節當作攀登的梯階。為防止採糖者飲食不足、營養不良、身體虛弱登高時頭暈摔下，紅色高棉幹部給予他們特殊優待：每天兩頓白米飯，豐富魚肉、家禽、雞蛋、糖水等等，因此個個身體強壯如昔。

小區也盛產煙草，每個成年男子都會分到煙絲，但城市移民大多不抽煙，煙絲多分到原地農民。由於沒有煙紙，人們抽煙時就用鮮嫩樹葉代替。年輕採糖農放出風聲，可用食物換取煙紙。但當此百物稀缺，哪來煙紙？

沒想到，全小區唯獨我有「煙紙」。原來我當初進入紅區，順應「革命潮流」跟著「愛國進步人士」攜帶毛主席著作。人們大多帶上四卷毛選、毛主席語錄或林副主席語錄，我

是帶著《毛澤東選集》精裝本。

　　精裝本採用超薄道林紙，質如煙紙，潔白、光滑、防水性強，屬於高檔紙張。在中國當時貧困落後條件下，消耗很多寶貴自然資源，但為了宣傳毛澤東思想，賣的不貴。精裝本集毛選四冊於一本，便於攜帶。全書千餘張，每張剪成小長方形如煙紙，可達近萬，雖有黑字，仍屬珍貴。我計算面積，小心撕下再剪成煙紙大小，不使浪費，再與一位采糖農談妥，深夜十二點左右，由他帶上食物到我的高腳屋，輕敲門三下為暗號，我當即把二十張毛選」煙紙「遞上。從此，每兩三天一趟，他上門為我送來用香蕉葉包裹不同魚種類的烤魚、白米飯、水煎蛋雞、雞肉、糖、椰子水等等，一手交紙一手交食物，花時不到一分鐘，雙方配合默契，互不說話。如此偷雞摸狗長達半年竟無人知曉。細水長流，我不能每次給他太多，太少又於心不忍。我仔細推算，整本毛選精裝本，可換到食物長達近十年。這種「地下買賣」，沒有行情，對方從不討價還價，彼此守口如瓶以保平安。

　　以前是冒險半夜摸黑外出，路上跋涉，磨破腳皮，現在是安守家門，坐享其成，不用煎煮，現成現食，鮮味可口，擔心行蹤暴露的不是我，而是他。毛選精裝本，成了我一家三口的活命仙丹。

　　此事一直沒人知曉。直到一九七九年初，我在逃亡路上，當時小區有陳姓朋友問我為何總是臉色紅潤體格強壯？我如實

說出，他恍然大悟之時也嚴厲批評我：「原來你忘了革命！忘了初心！」我說，我是活學活用毛澤東思想。是的，我為了一己之私撕下毛著，若在中國被紅衛兵發現可能沒命。當年印尼、緬甸排華，許多愛國師生為了保護毛澤東著作而勇敢獻身，多位緬甸愛國師生手持毛語錄高喊「毛主席萬歲！」從校舍樓上一躍而下，英勇犧牲。我為了個人吃飽，竟然「膽大妄為」，冒犯最高領袖。但我細心留意，許許多多華僑革命者後來也都為了生命安全，逃亡路上紛紛丟棄毛選，否則被越南軍或韓森林軍捉到同樣生命難保。我還是「物有所值」呢！

十多年前我到巴黎見到那位陳姓朋友，問他是否藏有毛著？學習毛著？他反問我：「沒人看啦！害人的！」

在我的朋友圈，近千名早年進入紅區的師生、知識分子都是華僑中的愛國精英、毛思想堅強捍衛者，一部分就在我的小區裡。毛主席逝世後，竟無人流淚，不見哀傷。

八、當兩面人。我在老村從事廚房打水砍柴之前，是在新田區勞動，與高棉人生活在一起，沒機會偷盜，不敢偷懶。但我給高棉農民和中、大隊長的印象還算好：老實聽話愛點頭，唯唯諾諾很順從，面無怨色，強作笑臉。幹部、隊長在場多出力，開會發言把革命口號全用上。小區區委、各級領導，還有來自中區的大領導發言時我鼓掌比別人多，時間比別人長。聽訓話全神貫注，表情激動、興奮的樣子。生活中有無形的眼睛時時刻刻在盯著，只有做出支持革命的樣子，有小錯也會被

「網開一面」，認為我「總體是好的」「大方向是對的。」毛主席也說過，「蘇聯廣大的黨員、幹部是好的，是要革命的，修正主義的統治是不會長久的。」來自金邊的江先生每天都遲到早退，常站著用鋤頭頂著下巴問我「這樣的日子到何時？」陳錦源一家十三口，幾個大人逢人就說在金邊是西醫生，兼任國際紅十字會會員，大屠殺時期全都葬身於事先挖好的坑洞裡。

當時，我每週一次黃昏收工後向中隊長申請回去老村看望妻女，起初，他臉帶不悅：「怎麼？又想到私事了？」後來，他臉色好看多了：「好吧！好小子，明早別遲到哇！」幹部不在場，勞累時，農民除了藉口大小便（農村沒廁所）走進樹林躲起來，出來時還坐下抽煙。我不會抽煙吃了虧，便多次藉口大便也進入樹林喘氣歇息。被問到：「你吃得少，為何排的多？」我只好說腸胃不適排不出。

我其實是個雙面人：工於心計，明一套，暗一套，陽奉陰違，口是心非。在背後，我與華僑同胞一樣咒罵紅色高棉，渴望其高層內部狗咬狗自相殘殺或越南趕快出兵前來解救。

我不但不是幹革命的料，紅色高棉也放過我。他們沒想到，幾十年後，我還在不遺餘力寫文章控訴其滔天大罪。看來，他們當年對付我這個來自中國廣東潮州的小夥，還是嫩了點。

（2021年10月1日）

十、越共叔父

記述文

提起「越共」，大概不會令人肅然起敬，至少在西方國家如此，對於散居世界的數百萬越南難民，聞之更是滿腔怒火。不論越共、柬共，都是有樣學樣，奪權後，先向人民大開殺戒，趕盡殺絕、甚於外國入侵的戰爭，真是血淚斑斑，罄竹難書，許多年後，再來「總結經驗」，竟是「在社會主義革命前進的道路就是如此」。

我有一位同祖父異祖母的叔父，十六歲讀完中文小學就離開父母去參加越共。

法國殖民主義統治時期，越共領導的越南解放聯盟抵抗運動深入柬埔寨邊境兩個省份—柴楨與波羅勉省。他在「救國救民」的神聖感召下選擇自己人生路，終生貢獻給越南解放事業。

叔父大約於一九三零年出生於柬埔寨波羅勉省巴南縣城。我的祖父早年從廣東潮安過海而來，繼祖母是越南人。我的祖父先後與兩位祖母生了十個兒女，他排行第七。

叔父與他的越共解放部隊常年活躍在一百多公里外、若從湄公河便只有四十多公里的柬越邊界。他偶爾在夜裡悄悄來到

巴南縣城看望父母，又趁黑夜回去。祖父過世時，他也在親人治喪時在現場外圍走了一圈後悄悄離開，算是為老父送別——這樣做是為避開當地安全部門的耳目。柬埔寨戰亂後期，他收容了外甥一家，使之免於禍害；柬越兩國戰爭結束，越南全國統一後，叔父回到巴南老家，把祖父的遺骸從已成荒野的草叢中挖出並運到越南環境優雅的義地安葬。

我一九六零年從廣東來到柬埔寨，整整十年從沒見過這位叔父。祖父母與父輩談及叔父投奔越共之事，似乎沒有怨言，還有少許榮耀，似乎日後越共勝利了，家族會得到保護。

一九七零年，越南戰爭擴大到柬埔寨，我與一幫青年學生擺脫金邊軍政府的控制進入農村。從和平、優越的城市生活轉入艱苦的農村戰爭生活，我體會叔父與他的部隊從事神聖、偉大的事業，以寶貴的生命保衛廣闊的農村，擔負解放國家和民族的重任。

一年後，我所在的農村駐紮了大量的越南解放部隊。我嘗試打聽叔父的消息，一位元參加越共部隊的巴南縣城的華僑青年告訴我：「你叔父就在這一帶，他名叫「三僑「，是位人人熟知的領導。我於是逐村逐家詢問，果然越南戰士都認識他，最後確定在一戶農民高腳屋裡，可惜屋裡的戰士說：「三僑同志正好出去工作，你明天上午再來吧！我們會告訴他，他會等你的。」

第二天一早，我又來到這間屋子，戰士們說：「你叔父已

經知道你在找他，再等一會吧！」。十幾分鐘後，一位年約四十歲的高瘦男子走上高腳屋。戰士們興奮地說：「來了！這就是你的叔父！」

　　他外表精悍，身體稍瘦而強壯，步伐輕盈，眼帶慈祥。我用潮州話告訴他我的名字、父親的名字，還說出他的原名。他微笑說：「是的，正是我。你怎麼打聽到這裡來？」我把經過告訴他。他說，「昨天，屋裡的同志告訴我，我就在這裡等你，剛剛有些事出去。你今年幾歲了？怎麼來到解放區？」我一面回話，一面細心觀察這位令人尊敬、首次見面的叔父。他接著說：「我早年參加部隊，許多侄兒女、外甥兒女都沒見過。你爸媽都好嗎？」「都好。我是十年前從中國來的。」「我有聽說。我們是首次見面，很高興。」叔叔的戰友聽不懂我們的話，好奇又為我們高興。他們給我們遞來茶水。

　　叔父問我來到農村的情況，給我諸多鼓勵。我問叔父戰鬥生活危險嗎？他說：「當然。人要機靈，保持警惕、反應要快。有一次我們躲在戰壕裡，美國飛機在上空偵察、轟炸，我也在戰壕裡觀察敵機，突然發現情況不對，趁著飛機掉頭，迅速跑到另一個戰壕，人剛跳下去，我原來的戰壕中了炸彈。要是慢幾秒鐘，必死無疑。」他轉身向他的戰友說起這段危險經歷。他的戰友附和他，說：「你的叔叔不但勇敢，而且身手敏捷。」我問叔叔是否受過傷？」「不礙事。」他輕鬆地說。我又問：「叔叔為何十六歲就參加解放陣線？」叔叔笑了又笑，

拍我的肩膀，沒有回答。

告別時，叔父送我一件越軍褲子。

叔父為何取名「三僑」？我想，這表示有三重身分：有一定中文程度的第二代華僑、準備終生獻身於越南革命的越僑、出生和來自柬埔寨的柬僑。

一年後，我來到與叔父首次相會的鄰村做小生意。一天早上，叔父突然踏單車路過，我們第二次見面。我說，我現在做小生意了，不再漂泊了，日子也好過些。他說：「很好！」我送叔父兩百元。

我的叔父「三僑」，在東南廣闊的農村為人們所熟悉。我的同鄉或叔父的華僑戰友告訴我，叔父擔任後勤運輸的副連長。他和他的一百多名戰友在夜裡為戰鬥部隊、醫療單位運送武器彈藥、戰略物資、醫療器材、藥物等等，這些沉重的物資有時用人力揹負、挑擔，有時用牛車、兩輪或四輪手推車，雖然不在戰鬥部隊，但也十分危險，戰爭大多不分前線後方。為安全完成任務，運輸多在夜裡直到淩晨。過泥溏，走崎嶇、踏坑窪、跨磕泮，避地雷、三餐不繼、熬夜露宿、風吹雨打、抱病行軍，遇敵情和敵機還要應戰避險。

柬埔寨戰爭初期，上述兩省的華僑青年踴躍入伍，他們多被分配到叔父的運輸連隊，隨著戰爭發展，絕大多數華僑青年紛紛退伍加入華運組織，對此，叔父並不勸留，而是那句「很好！」

一九七三年，越南解放部隊全部撤回國，我便沒了叔父的消息，僅聽說他結婚了，嬸母是越柬邊境的越南人，也是早期參加革命的戰友。戰爭歲月，革命者結婚生子是很麻煩的事。兩人聚少離多，一年難得見面一次。

　　一九七五年四月十七日，紅色高棉占領全國，隨即暴力清城。我的諸多叔伯、姑媽和他們的子孫全被驅趕出城，分散在茫茫人海中，大家不約而同向通往越南的一號公路艱難行進。半個月後，因有成千上萬越僑被有組織接送回國，絕望中最後的希望是擔任越共高級幹部的叔父前來營救，結果是大失所望，龐大家族中除了幾位早期和後期僥幸逃到越南之外，留在高棉的只有我一人活下來，其他數十人全部死於紅色高棉之手。

　　一九七九年五月，我帶著妻小從高棉偷渡去越南想投靠姨母，不幸被越南邊防抓獲交給高棉地方政權，地方的農民政權半夜偷偷放走我們，還給我們指出一條越境的隱秘路徑；同年八月，我又從越南潛往高棉想尋找父母，再次被邊防抓獲。那時正當中越激戰，我被當作中國間諜送進牢獄再轉到省軍區嚴加監視，在那段困難而危險的日子，我常想起三僑叔父。他在哪裡？以他的職位和資歷能把我救出來嗎？我曾悄悄問一位下級越南軍人，是否聽過「三僑」的名字？他說：「聽過呀！遠近聞名。」我沒勇氣告以三僑是我的叔父──既然他們把我當作間諜，我怎麼可以連累叔父？幸好一個月後，因沒證據證明

我是間諜，加上嚴重缺糧，便把我放走。

　　三十年後，我在美國打聽到三僑叔父、嬸母都健在的消息並有他的位址，我給他寄信寄錢。叔父的回信附有一張大相片。他的中文信很短，但字體工整，表達清楚。叔父信中說沒有電話，有事可打給鄰居轉給他。

　　第二年，我到越南專程去探望叔父。結伴同行的兩位同齡老鄉、也是叔父的前部下對我說：「你的叔父對越南革命忠心耿耿，為人正直清廉，道德高尚，他的部屬、上下級、甚至鄰居都對他十分敬重。」「我們每隔一段時間就去看望他。」「他太老實了，寧願清貧，拒絕特權，不像別的幹部貪汙。越南官員的貪汙太普遍了。」「我們兩人常接濟他，你有可能就寄些錢給他吧！」「你的嬸母出身農民，也是一生獻身解放事業，歷經幾十年戰爭的革命夫妻並不多。」兩位友人還帶了四位高棉同鄉，一行七人坐上麵包車前往叔父位於高嶺市郊外接近公路的農村的家。

　　叔父居住於同塔省高嶺市美新社第一區門牌73號，距胡志明市約一百五十公里。他的家面向公路，距路面約一百米。汽車小心翼翼開下路面，叔父嬸母滿面笑容在屋前迎候。

　　「三僑叔叔您好！我們把美國的阿槐送來了！」那是我過去的名字。

　　「阿槐來啦！多謝了！我們一早接到電話，就一直在等著。」叔父握著我的手，「三十年了吧？」「是的，叔叔，三

十年了。」七十歲的叔父興致勃勃，卻沒有當年軍人的威武，我有些傷感。

那是一間再普通不過的單層水泥平面屋，後面不遠處是農田。進入小廳就是睡房，一側是老舊鐵衣櫃，後面是廁所，屋子一側有大水缸，牆壁倚靠兩架老舊單車，周圍都是花草小樹，屋前的樹蔭下有一張長方形石凳。

「時間還早，你們叔侄就儘管談吧！美國、越南，三十年，不容易。」朋友們和嬸母坐在石凳旁談話，一位老鄉陪著我和叔父走進屋裡。

我們互訴別後的變遷，互通失散親人的消息。我向叔父訴以三十年前兩次偷渡邊境被抓的事，問他：「如果叔父得知此事，是否能幫我從牢獄保釋出來？」

叔父肯定地說：「我人一到，必定放人。」

「阿槐你別懷疑，『三僑』這名字，遠近聞名，柬越邊境、下柬地區、湄河三角州。」老鄉說。

「阿槐我給你看，」叔父打開鐵衣櫃，取出一件老軍衣，軍衣上下滿滿別著主要是金色、紅色，五星、胡志明像、紅旗、鐮刀錘子等等五光十色、形態各異的勛章，足足有數十枚之多。「這就是我一生立下的戰功。」叔父自豪地說。

我又問：「六、七十年代，高棉熱血華僑紛紛獻身越南革命，七九年，中越戰爭、越南排華，他們全都被開除出黨團組織，叔叔是否受到牽連？」

「不會。我是越南人了，我十六歲就跟著革命，怎麼會受牽連呢？你嬸母看似普通農婦，實是地下情報員。她生活在下柬地區，精通高棉語言，也能聽一些潮州話。她隻身進入高棉邊境，深入西貢等敵區城市刺探情報，為革命立下許多大功。我們是夫妻，卻甚少見面，解放後才生活在一起，因此沒有生育。」

「叔叔最後做到什麼軍職？」

「略高於連長的指導員。」

「叔叔退休後，政府每年有舉辦什麼表彰活動嗎？」

「國家統一日、黨生日，我們夫婦登上省裡的退休老革命光榮台接過紅旗、大紅花、接受人民歡呼，夫妻同台的很少。這已很好了，數十年解放戰爭，太多革命英雄人物。別要求太高。」

嬸母走過來，我問她可否說些高棉話？她當即用高棉話說：「吃飯。」「二十年沒說了，快忘了。」她回到越南話：「飯菜已準備好了。你們先坐在這石凳聊吧！我去叫鄰居過來。」

「這兩位鄰居是你叔叔過去的部下，跟著你叔叔數十年，如今退休了，仍不離不棄。」同鄉說。

兩位鄰居笑嘻嘻走來了，純正越南人，六十來歲吧？和我們一樣激動、興奮。

「你叔叔是大好人，與眾不同，真難得。」一位說。

「歷史書已翻過另一頁，有什麼話痛快暢談吧！讓我們聽聽。」另一位說。

長石凳就是飯桌。大家一邊吃飯、喝啤酒，一邊聽我用潮州話夾越南話回顧七一年在高棉農村首次見到叔父的情景和細節。有些話需要同鄉友人和叔父幫我翻譯。叔父問我為何記得這麼清楚、詳細？

是嗎？大概我的記性好，而柬埔寨是一本寫不完的書，三僑叔父是書中一個主角。幾十年後，我還會記住今天相會的情景。

從叔父、嬸母、鄰居、老鄉斷斷續續的歷史回顧的談話中，我瞭解到：一九七五年四月，越柬兩國先後解放，幾十年的奮鬥，活過來了，本以為可與自小分別的親人大團圓，誰料紅色高棉占領全國後大清城大屠殺，親人生死不明，叔父內心萬分焦急卻無能為力。當時越南也剛解放，民心不穩、百廢待興、軍隊、幹部各有新任務，不得擅離崗位：越南南方推行社會主義改造，國民經濟十分落後，需要老幹部繼續發揮作用，領導人民建設。一九七八年，紅色高棉挑起邊界衝突，企圖奪回歷史失去的下柬埔寨領土，兩國爆發戰爭；同年年底，在北越集訓的高棉族韓森林、謝辛和背叛紅色高棉的洪森一起組成柬埔寨救國陣線，彙集近千名紅色高棉的逃兵、俘虜、投誠者以及下柬地區高棉族青年組成解放陣線軍隊，決心重新解放柬埔寨。這支新軍必要整頓、教育、培訓，便需要教官、翻譯。

三僑叔父精通高棉語言，熟悉地形、風土人情，又是久經沙場數十年的老軍官，便擔負起培訓這批未來的高棉幹部和軍隊的重任。一九七九年一月，紅色高棉的波爾布特政權在越南近二十萬軍隊進攻下迅速垮臺，叔父親自培訓的這批高棉新生武裝力量名正言順的成了洪森政權管治下的國家軍隊，叔父也完成了最後的使命，正式退休。

且說解放後的越南歷經越柬戰爭、越中戰爭，經濟瀕臨崩潰，國窮民弱，國際孤立，越共又推行極左政策，取締資本家、強行「勞動改造」、沒收人民財產等等，逼得數百萬人民投奔怒海，革命幹部，大小軍人報復性貪汙斂財，借機霸佔公物、大小市鎮商店關門，大量門宅空置，於是上面論功行賞，大高官佔有市區中心住宅或大路轉角、十字路口、黃金地帶。

忠心不二，久經沙場、戰功顯赫的三僑叔父卻拒絕特權，兩夫婦除了享有全免費的醫藥，每月僅領到少量大米，白糖、奶粉和不太夠花費的救濟金，上級徵求他關於住屋一事，他只要一間交通方便、周圍有花草樹木、接近農田的普通小農舍作為養老住所，於是上級安排他兩夫婦居住於此。

話題至此，大家紛紛贊揚僑叔父的高尚品德，而這位越共叔父卻心安理得說：「這很好！我老伴也贊成。為什麼？我來自人民，又回到人民。」

「來自人民，回到人民」，這就是我的叔父至理名言。

隨著越南的改革開放，我在越南的堂妹發了小財，便經常

接濟叔父。叔父的前下屬、我的多位同鄉、以及海外親戚常有寄錢給叔父嬸母。首次重逢的三年後，我在堂妹夫陪同下再次前往高嶺市美新社看望叔父，他接過我的五百美元，說：「夠了，夠了。太多了，用不完。」

大概八年前，嬸母過世。

叔父於五年前患前列腺癌，症狀危急，當地政府把他送到胡志明市大醫院。市政府給他最好的醫生，最好的藥物，留醫一個月，把病給控制住回家安養。他每天服用進口、昂貴的藥物，全部由政府免費提供。

三年前，叔父的癌症復發，在生命的最後日子，他要求搬到越柬邊境最後一個市鎮—安江省新關市。兩個月後不幸去世，政府依照他的遺願安葬於新關市郊區。

（2021年6月30日）

十一、北越軍隊在高棉

記述文

越南與柬埔寨，兩國文化、宗教、風俗習慣、民族特性大相徑庭。

越柬兩國有長達 1270 公里的陸地邊界、各有數十萬僑民、同屬法國殖民地、互相支援又爭鬥不休、跨世紀侵略與反侵略，愛恨交加，剪不斷，理還亂。

上世紀六十年代，我生活在距越南邊境陸路七十公里、水路四十公里、距金邊六十公里的一號公路與湄公河交界的小鎮。鎮上的華僑多經商，住在市中心或外圍，高棉人多住在郊區，越僑多生活在小鎮外圍、鄰近村落和下游沿岸直到邊境。

一九七零年三月十八日，親美的朗諾將軍發動推翻西哈努克親王的軍事政變，越南戰爭迅速擴大到柬埔寨，位於全國交通樞紐、戰略要地的小鎮首當其衝。

美國發動這場政變是為了開闢消滅越共（越南解放部隊）的新戰場，以南越阮文紹軍隊和金邊朗諾軍隊夾擊越共。駐紮在漫長越柬邊界線的以北越軍為主的萬計的解放部隊蜂湧而出，與源源不斷的、來自越南北方的一支支大軍一起搶先進入柬境，迅速占領高棉全國各地農村。

五月一日，北越軍一個晚上就攻下小鎮和方圓數十公里的縣城、鄉村，準備渡河揮軍金邊。

　　早在四、五十年代，北越胡志明為首的印度支那共產黨領導了印支三國抗法解放運動，北越軍也曾來到我們這小鎮。他們的口音與越僑、南方人不同，小鎮老華僑稱他們為「東京人」。

　　北越軍占領小鎮後，高舉西哈努克畫像，接受市民歡呼。地方官員眼帶仇視，高棉民眾疑慮不安。被囚禁在華校—培才學校的近千名越僑衝到街上高呼萬歲，深受毛澤東思想影響的華僑青年雀躍萬分，紛紛湧上街頭歡呼：遙遠的中國式革命來到身邊，迎來人生偉大的革命戰爭歷史時期。

　　幾天時間，金邊兩千精銳地面部隊隔著河岸封堵一號公路，直升機、偵察機、轟炸機日夜盤旋，美國地面部隊進入邊境柴楨省向小鎮進軍，南越出動戰艦幾小時便抵達小鎮河面，北越解放軍迅速向農村和叢林撤退，僑胞四散逃命，上街歡迎北越軍的民眾不敢逃向朗諾控制的白區，紛紛跟隨解放軍伍撤退到農村。一向安寧、默默無聞的小鎮頃刻成為全國首個美方軍事基地。

　　北越軍進入柬埔寨，全國各地農村數以萬計的越僑和城鄉華僑紛紛加入「解放陣線」，參加抗戰。

　　朗諾軍事政變，各地掀起排越大潮：金邊越僑商店、教堂被毀，聚居區被放火，大量越僑被抓捕、毆打、砍殺，婦女被

強奸，暴徒把成堆越僑屍體和成群的嬰兒活活塞進大麻袋拋下湄公河。成堆成堆的浮屍沿湄公河漂流而下，惡臭薰天；在其他城市，越僑被集中囚禁、監視。小鎮全體越僑就被囚禁在華校，每個晚上，朗諾地方官員前來挑選年輕或美貌女人拉上汽車，翌日才放人回來。這激起全國越僑滿腔怒火、悲憤填膺。為報國仇雪家恨，越僑青少年紛紛加入北越軍上前線。

六十年代，華僑社會已在毛澤東思想和「文革」大力宣傳、灌輸下，全國各大小城市青年學生、知識份子熱血沸騰，紛紛參與「世界革命」，踴躍加入越南解放陣線、紅色高棉或華僑革命組織，到農村或在城市從事地下抗戰的「革命」工作。

華社中，也有許多人為了逃避戰火、逃兵役、圖生存被迫到農村。

每個人來到農村，不論是為逃生還是為「革命」，難免與北越軍來往。我當時也在農村，走南闖北，經歷和見聞頗多。我有不少同鄉、同學、朋友加入以北越軍隊為主體的解放陣線，一起見證了那段歷史。

早在六十年代初期，擔任解放越南南方的主力是南方民族解放陣線（也稱「南解」）。「南解」於一九六八年農曆春節發動全面攻勢，結果死傷慘重、元氣大傷。從此北越軍源源不斷向南方進軍從而取代南解。他們在森林、叢林中安營紮寨，打游擊戰，或藏匿在遠離城市和交通要道的偏遠農村，在美軍

和南越軍不斷圍剿下，更多部隊駐紮在越柬邊境，有些深入柬境約五公里養息。

此時進入柬埔寨內地農村的北越部隊，南方人約占五分之一，期間又不斷接收越僑、高棉青年和華僑從而擴大隊伍。他們中絕大多數被分配到戰鬥部隊的各個編制中，華僑多在後勤單位如文工團、醫療、運輸隊等。這些新加入的高棉民間力量為北越軍提供語言、物資供應和融入高棉農村的方便。他們生活在農民中間，與民無擾，還與當地農民建立深厚感情。高棉農民普遍歡迎解放部隊，深信他們是為著解放柬埔寨、為西哈努克親王回國、恢復國家和平而戰。

對比環境惡劣、地形狹長、被動挨打的南方戰場，北越軍在柬埔寨得到幅員廣闊的農村從而得到喘息。他們邊打游擊邊養息、培植親越政權、在柬埔寨樹立權威，又獲得大量高棉農村青年新生力量。

政變後僅僅五天，北京中央人民廣播電台廣播「柬埔寨民族解放陣線」成立，宣讀其政治綱領，號召全國人民不分種族、信仰、階層踴躍到農村加入抗戰隊伍。四月十五日，周恩來總理在雲南主持召開越、柬、老三國最高領導人的」印度支那最高級會議」，各方同意三國領土連成一片，協同抗戰。接著，毛澤東發表「五。二零聲明」，號召全世界人民團結起來進行反對美帝國主義的鬥爭，西哈努克親王日夜號召青年踴躍參軍，解放區反美反朗諾政權聲勢大增。

抗戰陣營以「柬埔寨民族解放陣線」、「柬埔寨民族解放軍」的名義進行，實際是北越軍隊馳騁戰場。一、兩年後，各地才陸續出現紅色高棉政權和部隊。

美國相信軍力，解陣相信時間。這註定是一場持久而慘烈的戰爭。

北越軍隊從遙遠的北方來到南方再進入柬埔寨，徒步跋涉一千多公里，從美國 B52 轟炸機下的「胡志明小道」、狹長的深山密林、河川叢林一路披荊斬棘、餐風宿露、沿途還要經受瘧疾、負重、飢餓、遭遇戰，加上後勤運輸、醫療配備等等，一支支南下的北越部隊，有時遭到美機轟炸死傷累累，不得不半途靠後續新兵源重新編制。他們的艱苦、勇敢和救國精神加上作風良好、親切有禮等等，得到高棉農民普遍同情和支援。

北越軍裝備落後，小型武器，美方坦克戰車飛機大炮；北越軍叢林為家，與蚊蟲為伍，美方行囊有罐頭食品、甚或香煙啤酒；北越軍搞游擊埋伏、夜間突襲，美方明火執仗大轟炸，千軍萬馬大掃蕩。

與農村良好的環境和氣象相反，金邊朗諾軍隊霸道、凶惡、強勢。他們所到之處，民眾紛紛逃命。每次掃蕩，大多是搶掠、打砸、虜人、恐嚇，有時還強奸婦女。我當時逃到波羅勉省農村，當地農民正在辦婚禮，一架直升機突然飛臨上空，在眾目睽睽之下把打扮得花枝招展的漂亮高棉新娘抱上直升機

揚長而去，從此再也沒有回來。

在農村，即使是沒有任何軍隊、未有新的地方政權，也是解放區。晚上七點以後，家家戶戶都開收音機收聽北京電台的廣播，傳來西哈努克親王連續不斷、充滿激昂和戰鬥意志的不同內容「告人民同胞書」，全力號召農民青年踴躍參軍。

在金邊，朗諾政權強拉壯丁，市內軍人用機槍或手榴彈威脅商人，白吃明搶。七二年，由於城市被孤立，各省交通幹線被切斷，金邊發生糧荒，朗諾軍政府放任大批高棉人衝進華僑米店瘋搶。

北越軍編制嚴謹，部隊設有政治部，發展黨團組織，開會有批評、檢討、表決心，大多視死如歸，「死就算了」成為口頭禪。陣亡戰士，不論多危險也要將其屍體運回，埋葬於樹林之中，上面豎一木牌，寫上姓名、生日、籍貫、犧牲日期。在長達五年多的戰爭歲月，我從東南到東北，在不同地區的樹林中，見到多處草草埋葬、豎立木碑的越解烈士墓。越解醫療隊的友人告訴我，越解傷兵送到後方醫院，動手術時沒打麻醉針，大多忍受極大痛苦，頭額冒汗而不皺眉、不吭聲、不掙紮。高棉籍士兵受輕傷，哀叫啼哭不止。

有時部隊休養，有文工團前來表演慰問。舞臺搭建於接近樹林的空曠處，台下兩盞充氣大煤油燈，臺上一盞，專人觀察夜空防敵機，村民踴躍而至，與解放部隊同歡。文工團演員只有少數越南南方人，絕大多數為柬華僑學生。我認識一位是

原波羅勉省巴南縣城體育老師。他告訴我，團裡有一位來自桔井市羅姓女青年，一位波羅勉省近知名縣城十七歲女學生，多位來自金邊。司儀用越柬兩國語言，表演節目宣傳軍民團結抗戰、越南和中國革命歌舞，獨唱或合唱「解放南方」、「送彈上戰場」，也有純民間歌舞、高棉舞曲，西哈努克親王的「懷念中國」等。

每逢高棉節日喜慶或農曆春節，解放部隊與農民同跳高棉民間舞蹈「南旺舞」。

朗諾軍政權幾個月後就失去東北四個省，緊接著，幾個大城市交通中斷，貨幣大幅貶值，物價飛漲，到處強行拉丁。金邊市內有僑青被朗諾軍當街拉丁，沒收或撕毀華僑身分證再推上軍車。柬埔寨民族統一陣線廣播電台和北京中央台不斷廣播解放陣線解放了全國二分之一、三分之二、五分之四土地、全國城市陸地交通全面癱瘓。

紅白兩區，對比鮮明。朗諾政權靠美援，抗戰一方靠民心。城市缺乏資源，農村物產豐富。

在農村，天一亮，飛機就來偵察。大量農民和牛隻死傷、農田被毀，激起農民對美軍和朗諾、阮文紹軍隊的仇恨。美軍在農村狂轟濫炸，但大多沒炸到經驗老到的北越軍。朗諾軍隊一到夜裡就恐慌，向農村、森林漫無目標開炮壯膽。美國偵察機曾在一號公路旁的農村偵查到北越軍人到一輾米廠領取米糧，轟炸機前來轟炸，北越軍人早已失去蹤影，炸彈炸死米廠

女店主，炸傷鄰近多名農民。

　　我在東南的波羅勉省和柴楨省農村，親眼看到美機轟炸後大片民房倒塌，瓦礫遍地，也見過身體燒焦的農民。一到夜裡，八方流彈槍炮聲，焰火陣陣，北越軍在雨中默默行軍。我在接近東北的桔井省界來到前一天遭受轟炸的河岸上的村莊，一對華僑夫婦被炸死。總之，我沒聽過或見過北越軍隊挨炸。東北遼闊的四個省份從沒挨炸，一是朗諾軍隊無暇他顧，二是北越軍也從不駐紮在市鎮民居之中，各省會市民生活沒受多大影響。其實北越中央軍駐地就在拉達那基裡省的森林中，擔負全國指揮作戰、守衛東北、與紅色高棉高層聯絡等。我的小鎮同鄉好友、原金邊新華學校四年級教師當時就擔任中央軍警衛員。

　　北越軍隊的編制，以營（小團）為基本作戰單位。營以下四個連（大隊），連以下四個排（中隊），每個排有四個班（小隊），每班八至十位戰士。營的指揮員是正副營長、參謀長、政委（發展黨團組織，政治思想教育）和作戰部長（戰前必須親赴前線視察陣地部署、鼓動軍心）。附屬營部有警衛班（保衛上述五位首長）、政治班（發展黨團組織、登記戰士履歷、入伍日期、戰功、犧牲或受傷資料）偵察班（行軍前和作戰前的敵情偵察、作戰後的情報收集）後勤經濟班（分配物資、購買糧食）醫療班（傷員救護、埋葬烈士）通訊班（有線電話通四個連、傳達軍令；無線電報通團部，接受指示、彙報

戰情戰果）。指揮部有一位越柬雙語翻譯員、一位炊事員。故此標準營總人數約六百人。

團部除了屬下四個營，還有醫療連隊（在後方設立流動醫院，醫治傷病軍人，也接收傷病民眾）、文工團、後勤運輸連隊（運送武器、戰略物資）經濟班（領取和分發軍餉、軍需品）、通訊連隊（下與各營、上與師部的通訊聯絡）等。因此，一個標準團的總人數約為三千五百人。

基本上，一個團負責一個省的軍事行動（但有時戰場需要會「越界」作戰）。當時柬埔寨有二十個省，加上中央軍，故此估計全國北越軍有七萬五千人以上。

團與各營距離多高達數十公里，要靠無線電報聯絡。團接到營發來的關於戰果的無線電報，立即轉發給河內通訊社，河內廣播電台立刻向全世界報導。從戰場到電台廣播只有兩天時間。團部也會派出通訊員騎摩托車親赴營地瞭解情況。當營在遠離前線的農村休養，團部會派出多是女性的巡視組前去慰問。

行軍時，偵察班在前，緊接是五位警衛和各自首長、營附屬各班、各戰鬥連、排、班。行軍快到或已到達目的地，營的經濟部人員聯繫當地民眾購買米糧，再由各連隊派人前去領取。

每個戰士分到蚊帳、吊床、尼龍布、兩套輕便淺綠色軍服，有時分到少量軍餉。北越舉國上下都投入抗戰，全國青年

參軍，工業生產停頓，因此所有物資均為中國無償援助。

隨著戰爭拖延，戰場發生微妙變化：朗諾軍隊的戰鬥力提升，南越阮文紹三軍全面介入支援，美國 B52 轟炸機從泰國軍事基地起飛，血洗、掃蕩。戰爭生活日益艱辛，越僑青年紛紛當逃兵回家；紅色高棉趁機崛起、先在各地農村成立新政權；金邊朗諾軍隊與南越阮文紹軍隊日久產生矛盾，前者要維護主權，後者以老大哥自居，加上朗諾政變初期的血腥排越加深南越軍的憤恨、積怨，雙方在金邊和其他城市多次爆發軍事衝突，靠「上頭」不斷安撫擺平；同樣，在農村，北越軍與紅色高棉要爭領導權，也幾乎水火不相容，雙方屢有「地下交火」，紅色高棉占盡「民族主義」之利，北越軍隊啞口吃黃連。

紅色高棉最高領袖波爾布特不理會「印支三國最高級會議」達成的互相支援、團結作戰的精神，違反一九七零年初與北越中央軍代表在拉達那基裡省達成的雙方互相配合、互相支援的「古倫山協議」，在柴楨省逮捕並處死多名日內瓦協議後隨印支共產黨分配到北越受訓的高棉幹部（深怕這些親越幹部日後威脅波爾布特地位）、戰場上不再配合北越軍而獨立行動（深怕抗戰勝利果實被越南竊取）、圍困北越軍駐地、限制其軍事行動、大量暗殺越解地方幹部、伏擊零星北越軍人（宣誓主權，逼其撤軍）。波爾布特把越解當作潛在敵人，農民的民族主義升高，逐漸認同紅色高棉的宣傳，認為北越軍有野心。

早在戰爭初期，北越領導印支三國抗美。在柬埔寨，北越讓早年受其培訓的近百名柬共幹部從河內回國領導抗戰，作為全國勝利後的國家領導人，這些幹部幾乎被紅色高棉屠殺殆盡。紅色高棉崛起，中國援助的武器經北越之手交給紅色高棉大打折扣。紅色高棉滲透到北越軍中的高棉籍士兵，鼓動他們帶武器出逃，加入其軍隊。出逃的士兵越來越多，後又經紅色高棉交涉，北越軍只好將高棉籍士兵連同武器全部移交給紅色高棉。

　　北越軍陷入被動，幾乎兩面受敵：既要與敵人作戰，也要對付或避開「戰友」的發難、偷襲。紅色高棉反北越軍隊的行動日益公開化。北越軍的軍事行動甚至軍隊生活受到極大幹擾，終於在幫助紅色高棉取得六號公路大戰役勝利後於一九七三年中旬全部撤回越南戰場。

　　一九七一年七月，美國宣佈停止對柬埔寨的地面轟炸（但維持必要時以 B52 轟炸以支援朗諾軍隊），七三年初，南越軍隊也開始撤軍（即所謂「以高棉人打高棉人」）。

　　紅色高棉主宰全國戰場後，出動大軍和發動農民，攻打已成孤島的中部省份磅湛省會的大戰役，意圖奪取這個全國第三大城市威震全國。經過近一個月的強攻，眼看勝利在望，不料金邊出動水軍沿湄公河而上為磅湛省會解圍，紅色高棉軍損失慘重。從此戰場陷入僵持。

　　回顧北越軍在柬埔寨三年多的歷程，是各方從開始的團結

抗戰到後來的明爭暗鬥，這是歷史必然：越南要沿襲歷史的當然領導地位、無視高棉的民族主義；高棉要分庭抗禮、獨立自主。北越軍固然付出很大犧牲，在紅色高棉看來有其野心。

有個別北越軍人誘奸淳樸的高棉少女。每次戰鬥，北越軍必誇大戰果。如一次白天伏擊波羅免省磅禾密縣石角山朗諾軍營，戰鬥結束後，河內廣播電台播出「消滅磅禾密石角山朗諾軍隊兩百多人」，實際上，營的偵察兵收集的情報和村民的助查，證明敵軍只有二十多人死亡。

解陣和北越軍隊對入伍、參軍的華僑戰友一視同仁。北越軍隊將高棉籍士兵移交給紅色高棉時，對柬埔寨華僑戰友當作「自家人」而不移交出去。北越軍中的高棉籍傷兵，行軍時就地留在當地農村，由村民照顧；己方或華僑傷兵有專人用擔架送到後方醫院。解陣和軍隊嚴禁戀愛、結婚。軍隊的後方醫生會對女傷兵或女病人非禮，為免於部隊自傷，受害者大多啞忍，上級也不了了之。隨軍時偶爾有女後勤、女醫護或團部派來的女巡視隊員，她們大多喜歡深夜在水井旁全身裸體洗澡，北越軍幹部前來「性示意」，雙方在黑暗中苟合。部隊中的男女都是青壯年，血氣方剛，常年戰爭生涯，性欲難耐，男女如發生「性意外」，懷孕沒做人流而生育，行軍時嬰兒剛要啼哭，做母親的要忍心親手按捏嬰兒口鼻令其窒息而死，就地丟棄或草草掩埋以免飛機發現全隊覆滅。

我閱讀過心水作家的名著《沉城驚夢》，書中詳盡描述北

越軍於一九七五年四月三十日攻入西貢從而宣佈戰爭勝利結束之後入城的表現、越共新政府的連串欺騙、霸淩、蠻橫達到匪夷所思的地步，如設立暗娼妓院、對人民坑蒙拐騙、多次換新錢幣變相收括民脂民膏，從強制勞動改造到明搶私吞，從禁止從商到沒收華僑公私財產，將人逼到投奔怒海還要強迫交出黃金方准放行，簡直就是報復性特權享受，是勝者為王的強盜土匪。

　　解放後的北越政權對所有響應毛主席號召並在解放印支人民的神聖感召下離開親人和家鄉加入越解組織或軍隊的華僑精英、有志青年於排華時期被強制開除出所有隊伍和組織。二十多年前我從美國回到越南探望上述曾在東北擔任中央軍的前金邊新華學校四年級教師，他說政府唯一頒給的只是一枚用類似汽水瓶蓋、工藝十分粗糙的抗戰紀念章。他在失望之餘將其丟進垃圾桶。

　　為越南和柬埔寨解放事業貢獻了生命與青春的成千上萬柬埔寨華僑子弟幾十年來沒有任何組織加以頌揚、肯定或提及。今天，他們是於心無愧還是悔不當初？說不清道不明。大多只有選擇投奔西方國家尋找真正的自由。

（2021年5月2日）

十二、革命異類

記述文

一九七零年三月十八日，柬埔寨發生推翻西哈努克親王的親美軍事政變，從此，國家陷入長達五年的戰爭；一九七五年四月十七日，紅色高棉奪取政權的三年多時間裡，全國陷入殘酷大屠殺，血肉橫飛，大約兩百萬人慘死。

那年，我目睹金邊朗諾政變集團慘無人道的排越浪潮，我深受當時華僑社會普遍遭受中國文革極左思潮的潮流所影響，加上我自身的貧窮如洗的遭遇，覺得前途茫茫，人生如行屍走肉，毫無意義，希望通過革命鬥爭，改朝換代，換來新生，拯救國家，人民從此過上幸福好生活。

我於一九七零年四月十五日離開熟悉的金邊，投奔解放區。

我孑然一身在農村東奔西走，靠一點中醫知識，當赤腳醫生艱難維生。

一年後，我知道有一個成立於三十年代、組織嚴密的「華僑革命運動組織」。「華運」革命組織早年是印支抗法鬥爭中一支力量，現在是領導華僑支持柬埔寨人民的抗美救國事業。毛主席說，「既要革命，就要有革命的黨。沒有一個革命的黨，沒有一個以馬克思主義武裝起來的黨，要領導人民取得革

命的勝利是不可能的。」

　　帶著對世界革命的憧憬和熱切追求，許許多多的朋友、同鄉、同學，師長都加入「華運」。共同的理想、語言，統一的行動，多好！「我們都是來自五湖四海，為了一個共同的革命目標直到一起來了。」令人嚮往的中國革命來到眼前，毛主席發動世界革命，要推翻萬惡的資本主義制度，無比壯烈，多麼神聖！

　　一年後，我們開始嘗到苦頭：抗美救國戰爭如火如荼，在農村，紅色高棉政權對支持他們的「華運」心存警戒，為難、逮捕、拘禁。一九七二年，紅色高棉在西南與西北多個省份公開抓捕華運人員，華運被迫集體「小長征」遷徙到東北省份；一九七三年五月，在最大的解放區桔井市，一百多名華運人員被驅趕到山區強逼勞動，死傷累累；更多的省份，華運人員連遭紅色高棉「斬立決」。「紅色恐怖」席捲全國農村。

　　一九七二年中旬，」華運」被迫解散。從城市投奔而來的數百名師生和其他城鄉僑胞、大多自尋出路，因地制宜就地謀生：當赤腳醫生、種植、做小生意等等。組織改為「集體」，領導改稱「長輩」，大家互通消息，互相照顧，默默地、耐心地等待祖國來解決華運組織問題或將來「解放」後祖國出面解決華僑問題。長輩們普遍認定，東共，也即紅色高棉政權的大方向是對的，是馬列主義的：堅持武裝鬥爭、農村包圍城市、反帝反修，是走中國革命的道路，其出現的過左路線是暫時

的，一如中國革命曾經走過的路。「道路是曲折的，前途是光明的」「這一點必須有堅定的認識。」「組織解散，革命立場不可丟。」

然而不久，我成了革命的「異類」：「變節」、「鼓動出逃」。出逃，意味著背叛，視紅色高棉為敵。一個默默無聞的小子，成了眾矢之的。

這並非我當年投奔革命的初衷。還歷史真相，須要很大的勇氣。十年的革命鬥爭換來什麼？華運的結局是什麼？如今是個令人十分尷尬、幾乎聞之唯恐逃避不及的話題。

五十年過去了，還要逃避嗎？

那是一九七二年中，我和三位走投無路的華運青年在波羅勉與柴楨省界的菩提村一間簡陋、狹窄的小竹屋做些小買賣糊口。因為靠近越南邊境，我們也做些走私生意。我們都年輕，有活力，農村物資極其匱乏，故生意做得好。村裡有兩間手錶修理店：「阿典」和「阿羅」。「阿羅」也是華運人員，他大我三歲，人緣好，與我同鄉。廣大農村沒有多少手錶修理店，兩人的生意挺忙，大部分是做紅色高棉「解放軍」的生意，也不敢多收費。兩人的好生意被紅色高棉駐地公安看在眼裡。一天，一群公安在中午、手錶修理店休息時間進入阿典的店把他帶走，阿典的妻子求救無門，終日惶惶。一個月後，公安進入阿羅的店，用繩子綁住雙手帶走了，留下妻子和剛出生的小女兒。沒有任何罪名，下落不明，生死茫茫。兩宗白日綁架

案，雖然無須解釋，人們知道是紅色高棉消滅「資產階級」的手段。

村裡沒人再做生意了，我們也縮小生意，每天守在店裡準備把貨品賣少後，改為務農。日子在擔驚受怕中渡過二十多天。在我的潛意識中，緊急出逃才是活路。

一天，與公安有來往的前華運青年魏姓友人暗中用小紙條緊急通知我「越快越好」。華運解散後，魏姓友人絕不跟朋友來往，反而親近公安，討好、請客、阿諛奉承。

當晚，我向另三位朋友提出輕裝便服緊急出逃，刻不容緩。三人不同意：不甘心損失幾千元的貨品；壞了大局，影響不好；各地公安必定窮追不舍，落網必死無疑；未得到長輩指示等等……

這是攸關四條人命的大事，怎可心存僥幸？「留得青山在，不怕沒柴燒。」在我的再三勸說和堅持下，三人最後同意凌晨兩點踏單車分批出逃。

沒有通行證，路上多哨站。要逃到哪裡？逃到何時？怎可連累其他華運朋友？

紅色高棉政權組織嚴密，視完成任務為鐵的紀律。各地公安對華運人員所有的駐點、聯絡處瞭若指掌，他們必定沿路追蹤、嚴查。他們要是通報上級，那麼，一個大區管轄三個省份，恐怕插翅難逃。

我們連跨波羅勉、柴楨和磅湛三省，全程近三百公里，路

經茂密橡膠園、湄公河、與金邊軍隊的交戰區，無森林藏身的漫長七號公路、藏身於盧葦之中⋯⋯最後終於成功逃出東南大區公安部門的魔掌，分別抵達遙遠的東北桔井省界三處山區密林從事農業勞動，直到一九七九年初紅色高棉政權下臺。（其驚險過程請閱讀拙作「生死逃亡。」）

緊急逃亡事件發生在一九七三年元旦。紅色高棉執行政策，採取行動大多在每月的一號：抓捕阿典是一九七二年十一月一號、阿羅是十二月一號。

在為時二十天的逃亡途中，我們得到兩位前華運通訊員的幫助，夜裡摸黑投宿於各地的華運聯絡站，凌晨又啟程出發。三個省華運聯絡站的朋友們得悉我們緊急出逃，都很吃驚。一位說：「新年伊始，你們就幹出驚天動地的大事。」有三位表示支持、為我們慶幸。大多長輩批評我：「你怕死嗎？即使是死，也不能出逃。」「壞了大局，把華運置於難堪地位。」「你根本不是幹革命的料！」「幹革命本來就準備犧牲的。」「膽子小，自私自利。」「破壞中柬革命友誼。」⋯⋯

無論如何，我們是活下來了。四個人中，一位後來死於七三年中的桔井事件，一位因糖尿病死於紅色高棉下臺後的七九年七月份。一位於八十年代投奔新西蘭。一九七三年，在經受多年的磨難後（詳見拙作「絕境求生」），我一家於一九八零年三月十八日抵達泰國難民營，次年為美國政府收容。

有證據證明我當初若非緊急出逃，只差幾個小時就必死無

疑（詳見「生死逃亡」）。

為虛幻的「革命」獻身，是「重於泰山」還是「輕於鴻毛」？

有證據證明許多立場堅定的華運「革命者」，在我們成功逃亡後，因為「顧全大局」，明知危險仍然堅持革命立場而「堅守崗位」被紅色高棉「斬立決」。他們中有成東縣原金邊端華中學四名師生、原金邊新華學校張校長、原巴南市體育老師、逢坡鄉黃校長……還有許多更激進、實是愚忠的「革命者」主動加入紅色高棉隊伍而先後在其清洗運動中被處死。他們中有金邊民生中學教導主任、民生中學專修生吳植俊、貢布省會覺民學校校長徐俊玉和他的一對兒女……個個都是我們華僑社會的精英。（眾多死亡名單詳見《印支華人滄桑史》）

歲月悠悠。五十年過去了，是非對錯，塵埃落定。如今，分佈世界各地的前華運朋友盡量不再提過去的事，或許也沒多少人記起我們當年集體叛逃紅色高棉的「驚天動地的大事。」然而對我來說，卻是永世不難：死裡逃生之外，對於所謂的「海外華僑革命運動」也是一次慘痛的經驗教訓。

今年九月中，我致電問候一位比我年長、現患重病的前華運朋友。她居然提起我當年逃亡的事。她說，當時我們出逃的事件在華運中傳開來，我不僅受到長輩們的嚴厲批評，許多年輕朋友也認為我不應出逃，更不應鼓動其他人。但隨著時間流逝，現在他們都改變看法。作為早期的、也是華運僅有的那次

集體出逃事件「很果斷，有勇氣、有眼光」。

如今，我們在美國安居樂業已經四十年有餘了。

「大難不死，必有後福。」但「後福」不會從天而降，是要不遺餘力、歷經數十年的奮鬥爭取得來。初到美國，語言不通，身無分文、人地生疏、家庭重擔，困難很大。我們從沒申請福利救濟，一切白手起家。培養四個兒女上完大學，也沒申請助學金、沒貸款。在美國創業也非容易，做了十一年的貧窮黑人區餐飲業，嘗盡類似仇亞事件的惡行再轉行做中醫藥。

如今，我們在唐人街經營了二十五年的「長壽堂藥材行」，是當地唯一傳統中醫方脈和針灸相結合、為不分種族的民眾服務，又宣傳祖國醫藥文化的中醫藥場所。我們四個子女個個都成績斐然：融入主流，服務社會。大女兒是「美銀」超級副總裁，二女兒是藥材店接班人，處處為病人或顧客著想，網絡充斥對她的贊詞；三女兒是費城醫科大學副教授，年度教師質量、最受歡迎教師評比年年榮獲第一；小兒子是電腦操作員兼佛州保險公司福利顧問。我們都生活在安寧、良好的社區。第三代，也接受良好教育。

二零零六年，我在忙忙碌碌的工作之餘，用十年時間完成第一部著作：長篇紀實小說《紅色漩渦》——全面記錄紅色高棉血腥統治史，此書得到紐約聯合國總部圖書館收藏。後來又先後出版了《紅色漩渦》英文版、《三十年美國路》、《從中國、柬埔寨到美國》。不太久的將來，我將出版《二十五年中

醫經驗方》和《美國魅力》。餘生之年，我仍將不遺餘力繼續為文揭露紅色高棉的滔天大罪。

　　我的人生經驗是：走正道、發揮所長、毅力、奮鬥。這源於經歷漫長深重的災難，始於那次緊急逃亡，成了「革命異類」。

　　　　　　　　　　　　　　　　　　　　（2022年9月25日）

十三、紅區十年得失

散文

今年三月十八日是柬埔寨政變五十周年，這一天也是我逃離這個長年戰亂不息、進入泰國難民營四十周年；今年四月十五日是我從中國來到柬埔寨六十周年，這一天，也是我離開金邊投奔紅色解放區五十周年；更巧的是，這一天是惡名昭著的柬共總書記波爾布特死亡二十二周年。

一九七零年三月十八日，親美的軍事強人朗諾集團發動了推翻西哈努克親王的軍事政變，「和平之島」從此烽火連天；五年後的四月十七日，赤棉佔領全國，「微笑佛國」從此慘絕人寰。

二十來歲的青年，本是進修、攻讀的黃金歲月，「追星」、戀愛的瀟灑時光，當時生活在柬埔寨的我們卻陷入悲壯慘烈之中。於我而言，從一個失學不久的城市打工仔，瞬間便掉進戰爭的急流漩渦：挖坑洞急行軍、炮火下抬屍體、見慣狂轟濫炸、身陷槍林彈雨、黑夜孤身誤闖墳墓群、風餐露宿、急流搶渡、疾病饑勞、荒湖捕撈、亡命天涯……

我的命運似乎與柬埔寨的苦難連在一起，我卻深愛這個國家：她的河山、人民、文化和歷史。雖然河山並不壯麗，人民

比較保守，文化相對落後，歷史也不太光彩，但是純樸與善良勝過一切，佛教宣揚行善積德深入民心。莫道因果是迷信——紅高棉高層無一死了還遭臭萬年，九成九的幹部不得好死，到頭來，行刑者受刑，殺人者被殺。今天，人類要擺脫勾心鬥角、爭權奪利致世人惶惶不可終日，就該學習柬埔寨人民的純樸與善良。

我在紅高棉佔領的農村加上逃亡日子度過了整整十年。在這之前，我與許多人一樣迷茫：戰爭何時結束？勝利之後是什麼？人民將經歷什麼？國家會得到什麼？一切早已揭曉。現在，該我來總結，這十年，我失去什麼又得到什麼？

我失去了報答養父母功勞之責。他們為我付出了大量心血，我卻一走了之，他們在赤棉血腥清城的路上孤苦無助、極端痛苦去世。每念及此，我有負罪感；我失去了許多親戚、師長、朋友、同學、同事。他們或死於血腥大屠殺，或至今杳無音信；我受舉國狂熱的革命思想毒害，以為到紅區是支持世界革命，解救世界上三分之二的人民於水深火熱之中——卻原來我們才是等待先是越南，後是西方國家解救的生活在無邊苦海之中的受難者。

這十年，我得到了：

一、體力和意志的鍛鍊，為日後創業打下基礎。

二、學會種植、捕魚和等農活。

三、當赤腳醫生為農民服務，教學中文為僑胞服務。

四、學會高棉話與越南話。

五、認識高棉農村和農民，能與農民融合相處。

六、學會在極權制度下如何求生自保、逃避屠殺。

七、飽經戰爭歷練和苛政磨難，提供源源寫作題材。

八、拒絕灌輸，學會思考。

九、同情勞苦大眾，痛恨官富權貴、強橫惡黨。

十、得到患難愛情和許多友情。

致敬！柬埔寨。

（2020年5月8日）

十四、情歸故里

小說

　　一九九一年六月二十四日，柬埔寨四方組成的全國最高委員會宣佈即日起結束十多年的戰爭，實行無限期停火，解決柬埔寨問題取得突破性進展，和平在望。

　　和平初現，國家與民族殘留著深深的傷痕。金邊依然一片破敗，只有一些西方遊客，路上來來往往都是衣衫老舊、弱不禁風的高棉人。

　　金邊奧林匹克區大水塔附近的毛澤東大道中段，每天從早到晚，總有十幾個年輕高棉摩托車夫守在三岔路口兜客，卻側著身體狩獵似的斜視街內一間門口堆放著椰子的店鋪，店鋪對面路邊也有幾個摩托車夫斜著身體倚在車上全神貫注店裡的動靜。

　　店鋪靜悄悄，每有顧客要買椰子水時，才見到一位窈窕少婦走出來，身邊跟著一個兩、三歲的小女孩。少婦蹲下身子熟練地用大刀把椰子砍了，椰子水倒進杯裡交給顧客，收了錢，又迅速轉身入內。

　　但這回稀奇的事出現了：一位看起來三十多歲、衣著光鮮、像是外國的華人遊客來到店鋪門口。少婦迎出來，身後的

小女孩拉著她的的衣角。

華人問少婦：「請問這裡有大人嗎？」

少婦：「我不算大人嗎？」

「政變前的一九七零年出生的才叫大人，你那時出生了沒有？」

「那年我五歲了。有什麼事嗎？我這是賣椰子水。一顆砍出來正好一杯，賣一美元，加冰塊一元半。」

「我要打聽政變前這附近一間沙龍紡織廠的主人下落，他是我的叔叔。」

「等會兒我母親走出來，她會告訴你……乖乖女，不要哭，到裡面小椅子坐著……要買我的椰子水解渴嗎？天氣這麼熱的。哦，我媽來了。媽，這位先生要找他政變後失蹤的叔叔，什麼沙龍廠？」

一位四十多歲、秀外慧中、儀態非凡、衣著樸素整潔的高棉婦人走出來。

華青指手劃腳說了一番。

「是有一間水布沙龍紡織廠。路那邊……現在被拆了，建成學校了，我就在那間學校教書。您為何不問那鄰近的居民？」

「大概他們以為我是他們住屋的舊主人，要來討回屋子，態度很不好。」

「是的，人們怕過去的屋主要回他們的房屋。我們也是趁

著『阿波勃』（波爾布特）下臺趕緊回到自家過去的屋子。」

「乖乖女，別哭，別怕，這先生是好人……看，我外婆來了。」

一位老婦從樓上走下來。

「這位華人先生是外國來的嗎？美國？法國？」老婦問。

「老人家，您安樂吧？我來自法國。」他雙手合什致意。

「法國？擔保我的外孫女去法國吧！多好的外孫女，夠可憐的。她跟著您，您有福氣的。」老婦合什回禮。

「婆婆，人家老遠來找叔叔的。」

三個人又忙著向老婦人解釋一番。

「我有個主意，您把您叔叔的名字留下，明天起我到學校時逐家幫你打聽。沒消息的話，也請他們日後留意。您叔叔還活著，一定會回來尋找他的房屋、工廠。您什麼時候再來？」婦人說。

「明年這個七月份吧！多謝你們了！這是我的名片。法國名字很難念，我俗名叫『阿華。』」

「華哥哥，我叫蘇旺娜，俗名叫『阿逼』。」

阿逼的母親認真看名片：「我還以為在巴黎，卻原來在法屬的馬提尼克島，與我們高棉時差十二小時。您年輕人還開自助餐廳，自己打理嗎？」

「自己打理。您真了不起！很多人連這小島的名字都沒聽過。」

「我媽以前是施斯旺高中二、三年級的地理教師。聽過「費特爾」這名字嗎？」阿逼盯著阿華問。

「很巧呢！政變那年我正考進施斯旺高中。費特爾先生當任校長。」

「費特爾先生就是我的父親。我媽現在是這間小學的校長。」

「要不是政變，你就是我的學生。來，看看我丈夫——費特爾校長青年時代的照片吧！」

與樓梯口相對的牆壁上掛著一個舊鏡框，相片裡是文雅含蓄、有幾分華人相貌的三十多歲青年。阿華用敬畏的眼光端視良久，向遺像合什行禮。

「他是被餓死的。」阿逼媽語帶悲傷，「我們被驅趕到馬德望第四區，原以為馬德望是糧倉。那年，我和阿逼也餓得不像人形。」

「我丈夫是病死的。紅色高棉哪有什麼藥？只會喊他們的革命口號！」老婦說。

「真巧！第一次回到高棉，就來到師範之家！女校長，金邊當今唯一的女校長吧？」阿華說著。

「是的。學校明年要辦中學。阿逼，還不快砍個椰子給先生喝！」一行人走回到門口，阿逼蹲下身子砍椰子。

「那我以後要稱呼您師母還是校長？」

「不用客套。就叫我阿逼媽。」她說著，把名片放進口

袋。向阿華介紹老婦是她的母親。

老婦說：「作孽啊！都是阿波勃害死數百萬人，活著的都到處尋找親人！還什麼革命啊，共產啊！害得我們家三代沒有男人。」她放下口氣，「要不是紅色高棉，我們阿逼會嫁給好丈夫。如今，孫女婿品德很壞，酗酒、吸煙、家暴，娶小老婆一走了之。世界未平，好男人更難找。我老了，窮就窮了，就希望外孫女有好歸宿，免得被人欺負，我們也不被人瞧不起。」

「就您一個人來探親嗎？住宿哪裡？來高棉幾天了？」阿逼媽問。

「我一個人住宿金寶殿大酒店。我剛到四天，明天準備和朋友到各省鄉下見識見識，半個月後就回法國。謝謝你們。我先告辭，朋友的車在那邊路口等著我。」

「華哥慢點走，先喝這加了冰塊的椰子水。」她紅著臉遞給他。

老婦說：「天夠熱的，沒急事就慢點走，請您的朋友一起到裡面歇息聊天。」

「謝謝！是有些事要辦。「

「華先生回國前再來我們家一趟吧！說不定有你叔叔的好消息。」阿逼媽說。

「好的。謝謝你們。」

「不見外，舉手之勞。你們談吧，我要去洗衣服。」阿逼

媽牽著老婦往屋裡走。

阿華喝著椰子水，一邊從褲袋取了錢包。

「送給華哥喝，不用錢。」

阿華遞給阿逼二十美元。想了想，又從袋裡拿出一百美元：「別推辭，我知道你們很窮，何況還是我前校長的女兒……日後有我叔叔的消息，還要麻煩你們。任何時間都可給我打電話。」

激動的阿逼慌忙雙手合什道謝。

等了多時的門外幾個摩托車夫迎上來：「先生回酒店嗎？車費您隨意給。」阿華向他們搖頭。

車夫們七嘴八舌望著他的背後談起來：「沒指望，那漂亮的寡婦看上華人遊客。」「這華人有福氣。」「別看這混血女人賢淑的樣子，浪蕩起來我們沒人受得了。」「哈哈哈哈……」

阿逼的外婆走出來。「孫女啊！打探出他有家室了嗎？」

「我不敢問。」

阿逼的母親走出來：「得體、有禮又有為，華人氣質。他說自己打理餐廳，自己一人住在金寶殿酒家。我的天！住一晚要一百五十美元。」

「阿逼，他給你多少錢？」外婆問。

「一百二十。他說我可以隨時打電話到法國小島給他。我想兩個月後到隔壁借電話打給他。」

「他要是給你五百美元就說明他對你一見鐘情……或許他身上一時沒這麼多錢。聽說有些外國人回來高棉娶親。這事還要再細心觀察，耐心等他明年再來吧！全家就指望我這孫女了。」

阿逼每天都很快樂，不時哼高棉小調。可惜半個月後一天下午，阿華托他的朋友來傳話：阿華已上了飛機。班機提早多個小時起飛，不能前來辭行。

阿逼每天都在數日子。好容易熬了兩個月，這天清晨，她持著名片和小紙條走進隔壁店鋪借電話。她一路又把紙上的字再細心看一遍。

電話那頭響了，她有點膽怯，但還是把話說得清楚：「是華哥哥嗎？我是阿逼。」

「太好了，有我叔叔的消息嗎？」

「還沒有，我們都在為你想盡辦法。我的電話會妨礙您嗎？」

「不會。我要感謝你們的幫忙。我的叔叔待我如父親。父母親被紅色高棉殺害了。一九七一年，叔叔出錢把我送到法國，否則，我也難逃紅色高棉之手。」

「原來如此，好可憐哇。」她望著紙上的字念：「華哥哥，我是借用隔壁人家的電話。我們這兩家關係親密，您可放心隨時來電，我把電話號告訴哥哥。有筆嗎？」

「有。請念……好。問候你母親和祖母……還有什麼話

嗎？」

「沒有了……哦，華哥哥，你身體好嗎？」

「好！」

「華哥哥生活愉快嗎？」

「愉快。」

「哦……以後可叫我逼妹妹……有自家的電話多好。」

「是的。謝謝你給我來電。」

「你有來電，就說找『逼妹妹。』主人就會來叫我。」

「知道了。逼妹妹，再見！」

「再見！華哥哥。」她若有所失走回來。

「這麼快就結束？他怎麼說？」媽問。外婆從屋後走過來。

「他說再見，我能再說什麼？」

「就這麼簡單？」外婆問，「打探到他有家室了嗎？」

「我不知道該怎麼問……他問候媽和婆婆。」

「我的孫女！就問他來高棉時生意給妻子打理嗎？有打算明年帶妻子一起來嗎？就這麼簡單。」

「太唐突了。我不敢這麼問。唉，聽天意吧！」

在往後的日子裡，阿逼天天都在等待華哥的電話，三個月過去，總是聽媽那些老話題：「這年頭，男人不可靠，何況寡婦人家，嫁了人也難保相愛一輩子。實居市的親戚介紹那個年輕和尚準備明年還俗，只有他還算老實可靠。你已經二十六歲了……」

「媽！厭煩透了！別再提那個和尚了。」

外婆往往插話：「我倒是覺得那個法國華人有指望。說不定我們全家都翻身。」

又過了三個月，這天清晨，阿逼忍耐不住再次向隔鄰借電話。她想知道是否有女人接聽，想知道華哥聽到她的電話是否開心？她要保持自尊，致電有個理由，原想編造有華哥叔叔的消息讓他興奮快些來高棉，但怕日後被揭穿。後來，還是祖母給她出了主意，就說「鄰近有居民說一位中年人來尋找舊工廠，但不確定是否他的叔叔。這鄰居也沒問他的名字就讓他走了。我媽通知所有鄰居，以後有人來找舊工廠就帶人來我家。」

「華哥哥您好嗎！我是逼妹妹。」

謝天謝地，還是華哥接電話：「逼妹妹你好！給我帶來好消息嗎？有了我叔叔的消息嗎？」

阿逼把準備好的話說了，口氣有些抖。

「很可惜。你想那個人會再來嗎？」

「但願如此。有消息我隨時告訴哥。高棉青年很少像哥如此重情義。華哥哥的事就是我的事。」

「太感謝你了。下次我到高棉時，我給你買個電話。你是用電話卡嗎？」

「是的。華哥哥，我可以問你別的事嗎？」

「你的聲音有些顫抖，身體不舒服嗎？」

「沒事。有些虛弱。哥哥什麼時候再來？來的時候什麼人幫忙打理生意？」

「我有經理。」

「妹妹可以幫哥哥打理生意，開玩笑的⋯⋯我想學法文，但高棉流行英文。高棉人信佛，人們有錢都捐給寺廟，學校缺錢，老師薪水很少。教育落後國家就落後，什麼時候人們才會覺悟？」

「難得你媽氣質不同，也難得你有如此見識，果然是高中校長的女兒。」

「哥喜歡高棉嗎？」

「喜歡啊！我的故鄉！」

「喜歡高棉人嗎？」

「喜歡啊！我的鄉親！」

「但高棉很落後，高棉人皮膚黝黑，少見世面又自卑。我媽當校長又有何用？唉！」

「高棉人很純樸善良，窮人和鄉下人更是如此。你們好像不是純高棉族？」

「我這個逼妹妹出身混血之家，我祖父是華人，祖母是高棉吉蔑族與華人混血。巧的是，外公也是，但外婆是吉蔑族與越南人混血。」

「這樣的人很聰明很漂亮。」

「從沒人誇我聰明，我也不見得漂亮。」

「你說到文化教育很重要，就不是一般見識。」

「哈哈哈哈！討我高興罷了？我再問一句，哥哥喜歡高棉姑娘嗎？」

「喜歡啊！我這次到各農村參觀，人人都很可親。我設想有一天晚上在農村或野外迷路求村民借宿，沒有一戶會拒絕的。但人民太窮了。哦，我開始忙了，這時候是餐期。再見好嗎？」

「那麼我等哥的電話。再見！」

「再見！」

母親和外婆在屋裡等著。聽了阿逼通話的內容，外婆說：「他贊你漂亮可能有意思。」但阿逼的媽告誡她：「阿華是安慰和鼓勵，人家是西方文明。他如果有家室，你就不要纏著。」

三個月後一個清晨，阿華突然來了電話，卻是要找阿逼的母親，一定有特別的事。阿逼搶著說：「我幫媽接電話，我就說媽上課去了。」

「華哥哥您好！我媽剛剛去學校上課。當校長的要提早到學校。」

「那麼請轉告你媽：請她幫忙打聽前金邊大學校長福財先生的下落或他是怎麼死的？還有，王國時期金邊最著名的左翼知識份子、國務委員喬森潘、胡寧、胡榮三人的消息。」

「我想他們都被阿波勃殺害了。哥為什麼要打聽這些？」

「這四人都曾留學法國，獲得高學位。高棉曾是法國殖民地，法國人很關心他們。你爸是前高中學校校長，你媽是當今校長，她一定能通過關係瞭解此事。」

「知道了。原來華哥人在法國，心系高棉。」

「三、四個月後我去金邊再與你媽面談。不好意思，打擾她了。」

「難得哥來電話。請問哥上回到金邊為何住最高級的酒店？妹妹可以這樣問嗎？」

「問得好！太貴了，但住金寶殿很安全。」

「S21 大屠殺館附近有一家「悉尼客棧」，收費便宜。屠殺館是遊客必到之處，很安全。距我家也近，有什麼事我們會照顧你。你是一個人來嗎？」

「是的，我自己一人。我將在高棉停留一個月。傳統上，法國各行業七月放假。好了，不打擾你了。記得我囑托的事。」

「這裡的學校也是七月放假。哥不要客氣。」

「再見！」

「再見！」

時間來到七月初的一天中午，阿華再次來到金邊，安頓後，立刻前往阿逼的家。

阿逼在店前忙著砍椰子，也賣香煙，抬頭望到阿華，興奮得有些激動：「哇！華哥！媽！婆婆！華哥來啦！華哥，知道

您快來，就不知哪天？終於來了！您好嗎？」

「正好一年了，真是您一年前說的日子。華先生，您安好吧？」阿逼媽走出來，雙手合什。

「是華來了嗎？我們都在盼望呢！您安好吧？剛到嗎？」外婆喜上眉梢，雙手合什致意。

阿華也回禮。他把在機場購買的電話機送給阿逼。告訴她，電話機已有了晶片。三個人都很感動，又顯得不好意思，趕緊雙手合什略彎腰致謝。

彼此說了些客套話之後，阿逼媽說：「很遺憾，沒幫您打聽到您叔叔的消息。或者，他在朗諾執政後期已經出國了，也或許在紅色高棉下臺後就逃難到泰國難民營了。要是這樣，他還不敢回來，我們高棉政局還未平呢！」

「我們的阿逼說，您的事就是她的事。阿逼有空閒就常到學校附近幫您打聽消息。」外婆說。

「麻煩你們了。不好意思。」

「坐著談吧！別站著。」

店門口有一張大椅，阿華與阿逼媽對面而坐。阿逼趕緊砍椰子，她的小女兒從屋裡走出來，外婆拉來小凳子，坐下來把她摟在身上。

「至於喬森潘等三位前公務員的消息，是有些眉目。您為什麼要打聽這些？」

「是這樣的：我早年在巴黎上學時，我的老師是法柬人民

交流協會負責人，他很關心高棉歷史和政局，還出版了這方面的期刊。他要收集紅色高棉統治時期的材料，作為日後國際聲援聯合國成立國際法庭審判紅色高棉的一部分。法國對柬埔寨有特殊感情，曾經是柬埔寨的宗主國，為柬埔寨培養了許多傑出人才，福財等四人早年留學法國，分別獲得經濟、新聞、法律和……」

「明白了。我們高棉也深受法國文化影響。難得他們有心，我可以把我知道和日後收集到的紅高棉罪行陸續用法文寫出來交給你這位老師．」

「很感激。我真是不虛此行。」

「話很長。今晚在我家吃飯嗎！」

「華哥哥您就在妹家吃晚飯吧！習慣高棉餐嗎？先喝這椰子水。」

「好吧！嘗嘗高棉餐。不用太麻煩，就煮些你們的家常菜。謝謝。」他接過阿逼的杯子。

「華先生住宿何處？有何旅行計劃？」

「我就住宿於逼妹說的『悉尼客棧』。大屠殺館附近有許多計程車，承包市內游每天六十美元，外地遊每天一百美元。看，那輛車在那兒等著我。我先去見朋友，我和朋友後天一早去暹粒省吾哥窟旅遊。回來後，打算到不同省份農村探民情，察民風。請問幾點吃晚餐？」

「六點好嗎？」

「好！」他逗了阿逼的小女兒。告辭了。

三個人望著阿華上了計程車。阿逼說：「華哥還記得送我電話機，還是先到我們家哇！他還聽我的話住宿在悉尼客棧。」

「與眾不同的旅行者，就愛到農村去。聽說西方的青年背包客也愛到農村。」外婆說。

「我趕快去買些食物準備晚餐。我想想什麼是華人口味？也要做哪些高棉餐食？」

下午六時，阿華准時來到。三人喜氣洋洋、唯恐招待不周，力邀阿華坐在主位。

「您就不要客氣。看看我們高棉餐食如何？」阿逼媽說。

「吃過高棉餐嗎？在法國這麼多年，沒吃過吧？」外婆說。

「華哥，這是中餐，吃吧！看看合口味嗎？」阿逼指著一道唐芥藍炒牛肉。

大家一邊吃飯。阿逼媽斷斷續續談起來：

王國時期，福財先生是大學校長，高棉社會主義大學生交流會會長、柬中友好協會會會長。政變後，朗諾政權要抓他，他跑到抗戰的紅區，成了紅色高棉領導層。我想，他和喬森潘一樣不是核心人物。高級知識分子有自己的見解而敢言，他為波爾布特所忌憚，後來被波爾布特殺害。

喬森潘目前還在柬泰邊界扁擔山脈的安隆汶基地跟著波爾布特。他過去沒有實權，現在可能有些權力，但要聽命於波爾

布特。他為人正直，王國時期因左傾得罪親王，也是右翼勢力眼中釘，據說有人曾送他一輛汽車要收買他，被他嚴詞拒絕；也聽說有人強行把他脫光衣服拍裸體照，他受到侮辱依然不改初衷、大義凜然。他後來是上了賊船吧！他的威望猶存，阿波勃要利用他。

至於胡榮，他死於一九七一或七二年的抗美戰爭中，在森林患瘧疾而死。他最忠誠奉行毛澤東思想，毛澤東著作不離手，還要他的部下學習毛語錄。胡寧嘛？話更長，很敏感、太恐怖，不太適合說。」

阿華想知道這些消息來源、出處，是否可靠？這些話題都很敏感，三言兩語說不清。阿逼出個主意：找個清靜無人處、彼此都有充足時間詳細談。於是大家約定明天晚上七時在王府前附近的海傍街承包一艘遊河船。

第二天晚上，阿華來到時，阿逼和外婆、母親、小女兒已等了多時。大小五人就乘坐在闊大船隻的上層兜風，充當船夫的女船主在下層駕駛倉。大船沿四臂灣準備緩慢行駛兩小時，提供礦泉水、糖果、餅乾共收費八十美元。

「阿逼，你帶外婆和女兒到那邊看風景，我和華先生獨自談話。看好孫女，別讓她攀欄杆。」

把她們支開後，阿逼媽把胡寧之死告訴阿華：

一九七七年六月底，胡寧被押送到 S21 屠殺館，原堆斯苓高中學校。他的腰部被粗繩捆綁在椅背上，騰出的兩手放在

面前的桌上，桌面有一支筆和一張白紙。屠殺館館長康克尤審問前，告訴他：任何進入此館，不論坦白交待罪行或抗拒都是死，沒有人活著出去。「我這麼說也不怕你頑固抗拒，沒有人受得了你面前擺著的各種刑具：電擊棍、鑽眼睛或手心的尖利鑽子、拔指甲的鉗子、割喉或割舌頭的尖刀、淋在流血傷口的酒精。」

胡琳十分激動，聲音顫抖：「我要求見波爾布特總書記。」

康克尤冷笑：「你沒資格提最高領袖的名字。看看掛壁上的十大警戒吧！」

警戒板上寫著：不准提最高領袖、不准提過去的功績、不准談革命歷程、不准答非所問、不准辯護、不准提將功贖罪、立即回答審問不能細想，除了回答審問或書寫交待罪行，其他舉動都必須得到批准……

康克尤叫來兩個人，拿著黑巾隨時聽候康克尤的口令蒙住胡寧雙眼，一旦胡寧拖延時間或違反十大警示其中一條便施以酷刑而無法預知和抗拒。

「我代表最高組織命令你！把你的叛國罪行和上下級關係人物全部、完整寫下來！」

胡寧在紙上滿滿寫上自己的「罪行」，承認自己是美國中央情報局人員、美國聯邦調查局線民、蘇聯克格勃地下人員、越南特工等多重間諜，自編了有關的日期和地址，也列了一些

無法查證的名字……他在簽名的下面加上一句：「從今天起我是狗，不是人。」

接著，後面的兩人用黑巾蒙住他的雙眼，輪番毆打一番後被帶出去，第二天被押送到十五公里外的殺滅場用大鎬打暈後活埋。那天是七月六日，這年他四十五歲。

此時，阿逼媽注意到阿華頻頻擦抹眼淚。她繼續說，一九七五年紅色高棉軍攻入金邊時隨即宣佈清城，在槍聲大作下，胡寧向一位指揮官大聲責問：「解放了，怎能無甄別把所有人民都驅趕出去？」他身邊的人駁斥他：「革命組織有時間慢慢甄別嗎？」波爾布特聽了彙報，說：「這兩人都不理解革命組織的偉大戰略佈置！但顯然胡寧更糟糕。」

阿華問：「波爾布特為什麼自始至終要殺害這麼多人？」

阿逼媽說：「恐懼心理。他常年生活在恐懼中，政變前怕王國政府追捕，他要是被捕，會被灌喝辣椒醬、拗斷手足，最後不是殘廢就是死亡。他們的首任總書記杜斯木就是死不見屍。波爾布特推行極端政策，他怕反對者、異見者有一天串連起來清算他。他要斬草除根、一網打盡。」

她告訴阿華，金邊現政權有不少人是前波爾布特執政時期隊伍中的反對者。康克尤已向政府投降。作為校長，她通過有關部門得知上述消息。「你想瞭解更多、更具體，我可帶你去S21屠殺館。兩年前，我受聘當任外國遊客的解說員。」她最後說。

阿華告訴她，法國有民間組織要收集波爾布特執政時期的罪行並將之公佈於世，有社團向政府申請在巴黎著名公園修建「柬埔寨死難人民紀念碑」，這需要向政府呈報紅色高棉罪行證據。

　　阿逼媽問：「您可以告訴我，您的身世嗎？」

　　阿華欣然說：「我出生於第一代華人家庭，我的父親和叔叔是深受傳統的中華文化薰陶的潮汕人，勤勞踏實、崇拜孔子，但思想開明，很現實。一九六五年西哈努克親王宣佈外國人不能從事十五種行業時，從事小商行的父親和開尼龍紡織廠的叔叔放棄中國籍加入高棉籍從而保護了各自的產業。那時由於華社開始宣傳毛澤東思想，父親讓我放棄中文轉入高棉學校。當時社會普遍認為，上完大學就能當個官，成績突出或有關係還能當大官。政變後的第二年，沒有兒女的叔叔勸說父親把我送到法國，還給我一筆錢，我到了法國生活無憂，上完大學也有工作。但我喜歡亞熱帶氣候，所以到這法屬小島創業。可惜紅色高棉上臺後，我的父母和姐姐被驅趕到菩薩省，七六年因被查出是資本家遭殺害。叔叔嬸嬸下落不明。」

　　阿逼媽說：「很難得的叔叔。我呢？紅色高棉時期，父親病死、丈夫餓死，我隱瞞了高級知識分子的身分活下來，否則必被打死，他們是斬草除根，阿逼也不會活下來。我精通法文略懂英文，我若是個男的又精通英文今天就會有些地位。高棉也重男輕女，寡婦更被人看賤，容易被欺負。我們四代人沒

什麼指望，阿逼看不到前途……您餐館生意好嗎？你成家了嗎？」

「我有個法國女朋友，她很優秀，聰明、善良和明辨是非。但她太開放，也不認同東方文化。我們還沒到同居時候。」

「同居？」

「絕大多數西方人結婚前要同居至少一年。他們認為可真正互相瞭解，彼此的生活衛生習慣、性格、雙方家庭和親友、金錢、將來的子女教育等等。一年後不合可以分手。雖然如此，西方人離婚率很高，法國就達到百分之四十。」

「匪夷所思。我們高棉傳統不能同居。夫妻在長期生活中互相適應，互諒互讓，女的總要服從丈夫，似乎沒聽說有離婚的，現在有的是丈夫喜新厭舊摒棄妻小。」

「我雖然身在法國，卻認同柬華文化。」阿華最後說。

「阿逼！帶外婆和孫女來這裡看，到皇宮前面了，燈光真美啊！」阿逼媽轉身喊……

一行人下了船，又逛了附近長花園三岔路口的露天夜市，欣賞狂熱的露天歌舞。阿逼買了一支鋼筆送給阿華做紀念。阿華用他承包的計程車送她們回家。

第二天一早，阿逼來了電話，托阿華去暹粒回來時幫買些特產醃魚，「順便在我家吃晚餐，第二天我媽帶哥去參觀S21屠殺館。」

一切都順著阿逼的安排：阿華從暹粒帶來了醃魚回到她的家，又吃了晚餐。第二天，阿逼媽帶阿華前往大屠殺館。她說，「屠殺館很恐怖，也還有些腥味。」

　　一踏進這個原高中校園，兩排由原課室改建的屠殺館已有數十名西方遊客，後面還跟著三三兩兩共二十多人。阿逼媽指著四周布滿帶刺鐵絲網說，這些原來都有高壓電，各個窗戶用鐵條釘死並纏繞電線。

　　進入牢房，一股血腥味撲鼻而來。各個由課室改造的囚房或審問室，有兩個鐵轆床架，各放置一付叢林中誘捕野獸、可夾斷其腿部的彈簧踩夾，四周依稀有黑色血跡。一旁有用磚塊築成的簡陋小囚室，地面角落有個小洞，是犯人解便之用，惡臭撲鼻。走過了一排同樣設置的牢房之後，是貼滿相片的長廳，成千上萬的相中人，個個面容削瘦、眼露絕望、恐懼。顯眼處一張照片，一位瘦弱的婦女睜大而失神的眼睛，懷中是猴子般的兒子，她的後腦是一付尖利的鑽腦機。

　　阿逼媽說：「曾經有一位華人遊客認出相中人是六十年代金邊中華醫院赫赫有名的華人醫生。她一早就加入紅色高棉，是地下黨員，對黨忠誠很激進，還服從組織安排嫁給互不認識的高棉籍高級幹部。因丈夫被懷疑對波爾布特不忠而一起在此被殺害。真冤枉，不敢相像她的父母如果還活著，看到此照片將會遭受何種打擊？」

　　阿華站望著此相片陷入沉思。阿逼媽繼續說：「由於自一

九七九年以來，受害者的照片、底片與檔案分離，故此有些人物無法查證……早期被押送到這裡的是朗諾政府的官員及其家屬、知識分子、醫生等等，但只占少部分，大部分是被驅趕到農村後經調查發現而就地處決；後期就全是紅色高棉自己的黨政軍高級幹部、醫生、工人甚至農民。你看，許多沒讀過書的農民子弟也死在這裡，政變以前，你能想像共產主義者是這樣殘忍嗎？」

見過了把人懸吊起來頭部按入水缸、熔爐上灼烤、倒掛樹上受鞭打、割婦女乳頭、塑膠袋悶頭、電擊、四肢夾在架上夾取指甲、高舉嬰兒摔在樹上或高拋後用尖刀承接等等的恐怖圖片後，阿逼媽說，這些圖片是關押在屠殺館裡的畫家後來畫上的。他被利用為紅色高棉畫宣傳畫，康克尤來不及殺害他，他成了活證人。

她說：「越南部隊攻勢淩厲，康克尤來不及銷毀證據，留下了檔案卷宗四千多份，包括列印或手寫的認罪書，其中有時任新聞部長胡寧、柬中友好協會會長、全國社會主義大學生交流會會長福財、副會長狄奧爾的認罪書。檔案顯示，死在這裡的還有經濟部長兼外務部副部長溫威、農業部長農順、駐華大使豈密、工程部長篤彭、商務部長貴敦、西部大區書記朱傑、中央委員奈沙南、西哈努克親王親信、外交智囊周成等等。」

附近還有一些鐵棍、鎬、彎刀等刑具。用原型骷髏頭拼湊而成的全國地圖像征全國範圍的大屠殺，下面是用柬、英兩種

文字寫上死亡的總人數三百三十多萬。

「這數字是越南人編的，當然有誇大。人們普遍相信死亡人數不低於兩百萬人，這已經占當時全國人口接近三分之一。」阿逼媽說。

最後一間，是當年雜亂的現場，有一具即將完成的波爾布特頭像大木雕。「這木雕頭像是波爾布特作為『偉大領袖』準備擺設的。」阿逼媽說，「這裡有共有 1720 個工作人員，300 人是官員，擔任審問、管理、記錄等職務，另 1400 人分別是行刑、打手、衛兵、炊事、司機、跑腿、醫生。醫生是服務於所有的工作人員和『救醒』昏迷的犯人使之可以繼續接受審問，而非將其『救活』。即使一般工作人員也全是窮凶極惡，望之令人恐懼，不敢直視其眼。一方面，越凶惡就表示革命立場越堅定、越能得到康克尤的信任從而獲得自保。另方面，這些人經過特殊訓練，被洗腦成為殘忍之徒。殘忍，成為波爾布特考驗忠誠與否的試金石，康克尤殘忍就得到其上司宋成的信任，宋成殘忍就得到波爾布特的信任。因而，全國都陷入血肉橫飛、瘋狂大屠殺之中。更可怕的是，這些受過特殊訓練、殺人不眨眼的年輕屠夫共一千三百人先後也被康克尤殺害。這被解釋為杜絕有人把這裡的祕密洩露出去。」

「比人們相像的還可怕。那麼，『犯人』接受審問的程式是怎樣的？」阿華問。

「每個進來的『犯人』，先拍照存案，不分男女老少脫光

衣服接受檢查。坐在椅子上，在桌上列印好的紙上填寫姓名、出生日期或年齡、家庭背景、舊社會的職業、抗戰時期的職務、『解放』後的職務。如果是黨員，何時入黨？黨內職務。最後是招供叛國通敵罪行、（括弧『不准辯護』）接受何人指令？上下級關係等。最後是署名，日期。提筆前，審判官要犯人先看明白『十大警戒』。打手在面前緊握電棍虎視眈眈聽命隨時下手。晚上，每個『犯人』帶著鎖銬睡在沒有草席、沒有被單水布的地面直到天亮，天亮時再接受嚴刑審問。」

阿華說：「看相片，大多數是農民子弟。太震撼了。」

兩人走到外面的空地深深呼吸新鮮空氣。阿逼媽說：「隨著時間流逝，一些真相逐漸浮現。有另兩個例子說明波爾布特是個十足殘暴的惡魔：一九七七年，他懷疑東北大區領導對他不忠，派出近千名中央軍以『清除親越南叛國集團』為名北上圍剿東北軍。中央軍浩浩蕩蕩進入桔井省界，沿途各路地方軍不敢抵抗，還自告奮勇為中央軍打頭陣殺入東北軍區。東北大區軍隊略為抵抗便棄械投降，地方軍先把投降軍隊全部、乾淨、澈底殺害後，再把東北大區上百名黨軍政領導押到森林中捆綁在樹上，用褲帶、皮鞭猛力抽打，直到個個頭破血流、血肉橫飛而死。他們幻想以此向中央軍表忠。沒想到還沒轉過身，中央軍在後面用機槍把地方軍全部濫射殆盡。最後宣佈取得全面、澈底的偉大勝利。」

她深深吸了口氣，接著說：「一九七八年十二月下旬，十

多萬越南侵略軍橫掃柬埔寨，僅僅十五天便攻下金邊，波爾布特一夥、西哈努克親王和中國大使館也倉促出逃，那麼，分散在全國各地的中國援柬專家、技術人員、軍事顧問近萬人急促間如何逃脫越軍的追捕？只有在金邊數百人逃去泰國，其中部分在基裡隆山區公路遭遇越軍追殺，在西哈努克港也有好幾百人搭乘貨輪回國。絕大部分援柬中國人員連同本地的華裔翻譯員被紅色高棉軍強逼換上黑衣化裝為紅色高棉士兵，再用機槍成排成排掃射而死，說是以免成為越軍俘虜。」

阿華問：「此傳聞可當真？」

「血染叢林，屍體遍野，只要有人看到就會傳開來，如何隱瞞？連康克尤都來不及毀滅證據，幾千名中國專家會飛天遁地嗎？」

「為屠夫而死。」

「我接受培訓時，每晚都做惡夢。不過當解說員，工作輕鬆，每趟收費五美元，部分要上繳。西方遊客多會給小費，可以收。後來這肥缺爭不過人家，只好去教書。國家窮，當校長薪水也低，可憐那些教員，每個月薪金最多一百美元。阿逼想當美容師好收入。唉，哪有錢？僅學費就要三百美元，一個月學成後還要幫師傅的美容店打工一個月，說是實習。」

回到阿逼家。阿華在褲袋裡取出一個小包，說：「這裡面有一千美元，可幫助阿逼實現她的願望吧！」阿逼媽慌了，兩手推辭：「何德何能？我們怎麼可收您的錢？我們什麼也沒幫

到您！」

「阿逼媽您別推辭，我來高棉就準備幫一兩戶窮人，我們在外國生活都比這裡好。最希望阿逼學到本領，開美容院，一家過好日子。法文有一句「施比受更有價值」。這點小錢，稱不上什麼功德。明年我再來時，美容院能開成嗎？」

三個女人誠惶誠恐合什而拜。小女兒好奇望著阿華。阿逼激動地說：「感恩不盡。我若有了執照，購置理髮設備和工具花不太多錢。我明天就去美容學校報名。」阿逼外婆說：「我們是前世修來的福吧！華先生請當我們是自家人，有何需要別見外。您獨自到農村瞭解民情可別大意，高棉也有壞人。」

「隨著聯合國維和部隊的進駐，西方背包遊客到處走，還有單車隊踏在田間小路，也有到山上露營的。我會說高棉語，就放心吧！」

「我很好奇，你在法國過得好好的，為何隔山隔水、不辭辛勞到高棉農民的家，有什麼好探問的？」

「就問他們在紅色高棉時期怎麼過來的，現在如何過活？這村子發生過什麼事？等等。」

阿逼媽說：「媽，這是華先生對我們高棉懷有深情。只是彼此非親非故，受此大恩如何報答？」阿華再三勸說不在話下。

且說阿華隔日承包計程車到了幹拉、波羅勉和磅針省多個農村，走馬觀花或到農家與農民閒談，司機陪伴在側。一路上

常接到阿逼電話，問行程、路況、沿途見聞，食宿。還告以開始學習美容課程了，有二十多位女學員，上午學三小時，下午兩小時，每週五天。還可以分到免費的過期美容雜志。

　　十天後，阿華回到金邊悉尼旅店。阿逼來電：「哥哥過幾天就要回去法國，明天是週六，這兩天妹有時間帶上小女兒陪同哥哥參觀皇宮、國家博物館、塔仔山好嗎？」

　　「好啊！讓你媽做買賣、砍椰子嗎？」

　　「哥您就放心，跟媽說好的。我還想建議哥住宿四星級酒店，有游泳池，讓我的小女兒嬉水，她什麼都沒有，太可憐了。」

　　「很好啊！金卡界大酒店就在金寶殿附近，有露天游泳池。」

　　「那麼妹明天一早到悉尼客棧見哥，我們一起出發到金卡界酒店。」

　　「七時正妹帶小女兒一起到客棧樓下的粿條店，我們一起吃早餐。」

　　第二天一早，阿逼認真化妝後，穿上新買的鮮艷連衣裙，秀髮上插上一朵小小的紅色塑膠花，粉臉上梳理出留海。她給女兒戴上時髦小草帽，挽個小提包，叫來三輪車就出門了。

　　阿華正好拉著行李下樓，眼見阿逼換了打扮，眼睛一亮。

　　三人就座。阿華說：「打扮成另一個人，不再是賣椰子的小姑娘了？」

「小姑娘？記得哥第一次見到妹，還問『家裡有大人嗎？』」

「記憶真好，我都差點忘了。哇，小女兒也真美唷！叫什麼名字？」

「阿梅。」阿逼開心又有些靦腆，「她父親取的，越南名字。阿梅，快叫聲『大叔。』」

「大叔。」

「阿梅好乖哇！」

阿逼邊吃邊餵阿梅，又說：「哥有所不知，妹的椰子不用本錢，賣多少賺多少。椰子是外婆大哥的子女每隔半個月左右就從實居省農村雇車子直接送到我家的。他們有椰子林，有田地，生活比我們好。」

每次舉杯喝飲料之後，她把杯子放到與阿華的杯子並攏，阿華喝了飲料後卻把杯子分開。三次後，下意識把杯子靠攏。阿逼臉頰泛紅。

計程車把三人送到到了皇宮廣場。清風拂面，陽光燦爛。下車沿著四臂灣河岸走路不到一公里可到金卡界大酒店。阿梅在兩個大人牽手下蹦躂。在維和部隊監視下的安全空曠處，阿逼讓她自個兒歡樂跳躍，接著又讓她在路邊挑選買個充氣小鴨子。過馬路時，向前拉她的手，另一隻手緊握著阿華。「在金邊過馬路，妹比哥強。「她說。

金卡界酒店單人房也是一百五十美元，有豐盛佳餚，免費

健身和游泳。外人要游泳，不論大小，每人收費五美元。

第一次見到華麗、清潔明亮的客房，俯瞰三條大河彙集處的漣漣河水，阿逼不斷讚嘆。

時間還早，阿逼帶阿華走出酒店，就近參觀了皇宮，聽了長老講解部分國寶，見識比鄰的國家博物館、再搭計程車沿西哈努克大道到金邊地標──塔仔山。

樹陰下西方遊客、維和部隊人員、奔跑的孩童、殘疾乞丐、攤檔、蔔卦、流動攝影、小販等雜混其中。三人分別在斜坡的大時鐘前、長廊梯口、小寺廟前合照多張快速衝洗相片。阿華頻頻拿出些小錢給阿梅向乞丐施捨。繞了一圈，看到一間小書店，大多擺賣有關紅色高棉歷史的英、柬文書，阿華選購兩本，女店主又向他展示紅色高棉印刷後又取消的紙幣，說：「這是很極稀罕的真鈔，賣了就再也沒有了。」阿逼趕緊說：「哥哥別買，那是模擬復印的。」阿華豎起大拇指讚她聰明。

三人在附近餐廳吃了午餐，再回去取相片。相片中，阿逼笑容如綻，阿華含蓄微笑、小女兒也笑得歡，三人儼如一家人。阿逼開心地說：「阿梅從沒如此快活過。」

「是的，我注意到高棉小孩幾乎個個愁眉苦臉。」

一行回到酒店，休息片刻，阿華帶她們到游泳池。

阿逼害羞，更不想卸妝，她讓女兒換上束裝後，讓她帶上充氣小鴨在近處的淺池嬉水，不時眼帶羨慕望著眾多泳客中阿華唯一健壯的體格。

驕陽已下，大小三人曬紅了臉，大汗淋漓，就在池邊的小食亭吃西餐，再回到房間歇息。

　　阿華與阿逼先後衝涼後，阿逼向浴缸加滿水，讓小女兒在那兒繼續帶充氣鴨子玩水，吩咐她：「媽叫你出來你才能出來。」阿梅應聲後，她回身把門關上。

　　「華哥哥！你就要走了，一去就一年，太久了。」

　　「一來就一個月，也很長。以往，哥放假就到巴黎，現在是到柬埔寨，別的國家不去。」

　　「哥何不娶個高棉姑娘，有個安家處。也可帶她去法國小島，幫你做生意。長年來往兩地，她會隨哥安排，一生一世聽哥由命。」

　　「我已有了女朋友。」

　　「知道了。但沒有同居，沒結婚。」

　　「你媽忙不過來吧！」

　　「那點小生意會忙不過來？法國人，說話真好笑。」

　　阿華沒回話。他用遙控器打開電視，搜索節目。

　　「哥穿上泳裝才顯得好健壯的身材。在法國，除了做生意，其他的日子是怎麼過的？」

　　「遠足、看海、游泳、做社區義工。後天妹又上美容院學習了。老師對你好嗎？學得如何？」

　　「老師很不錯的，只是二十個姐妹話很多，總愛說人後話，品頭論足。還有一個被稱為『大姐』的，曾對大夥說，

『誰想賺錢快又不辛苦，可到某某健康娛樂部為上層人士當按摩女。別擔心，那是正當場所，不過要身材好、長得漂亮的，我看阿逼排名第一……」妹懷疑她不是來學習，是來煽惑、當皮條客。」

「千萬別上當，妹涉世未深，那些人很陰險，一進去就不能自拔。妹別想太多，將來有了美容執照，開美容院，生活好起來，再嫁個好丈夫，一家四代……」

「放心吧！哥，我媽也絕不給我去。」她嘆了口氣，「哥只知道高棉人老實，卻不知道戰亂後的金邊男青年不可靠：酗酒、吸煙、嫖妓、賭博、家暴、遊蕩，有點錢就花天酒地，不顧家庭不想前途。哥不要到農村去，在金邊就可了解。哥沒注意到我家門前那幫摩托車夫成天在窺視我嗎？多年來，妹被人嘲笑、輕蔑。要不是媽當校長，在社區有地位，受當地官尊重，真不知哪天被他們欺負。」

「妹為何嫁給一個家暴的丈夫？你們家三人應該有眼光，是嗎？」

「他是我的表哥，外婆另一個孫子。他早年從柬越邊境的巴域市投奔我家，把隨身帶來一些錢交給我媽，說是住下來日後出去打工決不拖累我們。我們也需要男的幫做些繁重工，看他也很誠實，便只好如此。沒想到，那天外婆到實居省探親未回，母親有事清晨就去學校，妹剛起床，他突然把妹壓倒在床鋪上，像野狼那樣粗暴拉扯妹的衣服，妹無力反抗被他占了。

我又痛又哭又羞，他厚著臉皮說會娶我，叫妹向媽求情，並跪下發了誓。唉，事到如今……就在家裡將就辦了婚禮，只有幾個實居親戚來……結婚後，他就經常打罵妹……我懷孕了，阿梅還沒周歲，他竟然狠心去巴域找她的越南舊情人，至今三年未回。」阿逼哽咽了。

「連親生的女兒也不要，真狠心。以後妹的生活會好起來，別傷心。」

「哥給了妹很多幫助，妹卻沒什麼回報，於心不忍。」

「條件不同。哥要是早年沒出國，就算活下來，今天也沒好日子過。我不能因此自視清高，妹也不要因此自視低微。如果我們的角色互換，妹也會幫我，是嗎？」

「命運作弄我，沒找到像哥這麼好的人。」

「假以時日，會有的。」

「真的？」阿逼很興奮，「哥哥不要讓妹妹失望。」

「妹還是進去浴室看看阿梅吧。」

「哥放心好了，沒聽到她玩得正歡嗎？阿梅很聽話，妹不叫她出來，她不會自行出來，況且浴室門把手很高，她的手夠不著……哥，我們現在做什麼她都不知道。」她注視阿華，放射出陣陣深情、憐愛的眼光，一邊向他略挪動身體。

阿華此時正聚精會神收聽金邊電視台播出紅色高棉拒絕執行第二階段停火計劃、拒絕參與各方集結部隊、解除武裝和正在柬埔寨的聯合國維和部隊不得進入其控制地區的新聞。

「華哥！望妹妹！」阿逼拉著阿華的手。阿華轉過頭，卻見阿逼滿臉緋紅，白色衣翻領口的紐扣解開，露出半個雪白玲瓏肉球。天地神明似乎專為阿華構造了阿逼婀娜玲瓏、無比美妙的身材和肉體。阿華一時間回不過神，隨後正想窺視那神祕的全貌，忽聞浴室傳來阿梅的叫聲：「媽媽！」

阿逼不得不回應：「媽媽累了，你玩水吧！給媽躺一會兒好嗎？」

阿梅沒回音。阿逼拉著阿華的手不放：「沒事，她只想知道我在房間裡。」阿華此時卻清醒過來：「阿逼，不可。」

「有何不可？」

「這是夫妻做的事。我不能給你媽留下人生汙點。」

「沒事。妹願意做哥的奴婢，把身體交給哥。」

「這是禮教。我的嬸嬸不會生育，叔叔很有錢，卻從不另娶。」他掙開阿逼的手，徑自走到浴室門口，向裡面喊：「阿梅，我們回家好嗎？」

阿逼又氣又急，漲紅了臉，把阿華推在一旁，開了門，一聲不吭進入浴室，順手拿了大毛巾包裹阿梅的身子，幫阿梅換了衣服，再帶她出來。

「別生氣，我這是為妹妹好。」

「我知道，不用說。」

「讓一切回到正常吧！回家別讓媽媽和外婆看出異常，以為我們發生什麼事。」

「我知道，不用說。」

「別生氣。」

「我沒生氣。」阿逼說著，忍不住流了淚。

「媽媽為什麼哭？」

「大叔後天就回去法國了。我們不能再來玩了，阿梅也不能來嬉水了。」阿逼抹淚，強作平靜。

「別哭，大叔後天下午就走，一年後再回來跟阿梅玩。」阿華安慰阿梅說。

「一年？五天、十天後嗎？」阿梅睜大眼睛問。

阿逼和阿華啞然失笑。

阿華趁阿梅轉身給媽媽梳頭發，迅速吻了阿逼的額頭。

阿逼叫阿梅去找鞋子穿，迅速回吻阿華的臉。

臨出門，阿華遞給阿逼五百美元：「事先準備好的。妹妹開美容院，還要購置大鏡、理髮椅子、洗頭洗臉盆等等。」

「阿梅，大叔給我們很多錢，謝謝大叔！」阿逼說著，回頭低聲問阿華：「不擔心妹妹一再騙取哥的錢嗎？」

「明天不用來找我，我和朋友約好，辭行前的聚會。」

「那麼要給我打電話，妹才不會生氣。還有，後天去機場路過妹的家，媽媽有文稿要交給哥帶去法國。」

三人坐上回家的計程車，一路無語，好奇觀望路上來自不同國家的武裝維和軍人。

阿逼等到第二天晚上才接到阿華的電話：「阿逼，哥現在

才有時間，心靜了嗎？一切恢復正常了嗎？」

「妹知道，我們高棉人低人一等。」

「生我是這片土地，養我是這片土地。高棉是我的國家。」

「妹知道，哥是單身，妹是寡婦。」

「這不是問題。但夫妻不是隨便苟合。」

「妹知道，哥在法國又有錢，妹……總之，妹不配。」

「這不是問題。但妹已失足一次，不論對誰，都不可大意。」

「妹知道，哥來高棉只對紅色高棉歷史有興趣，心中就要與女朋友結婚。」

「是的。哥不希望給別人帶來煩惱、製造麻煩。我們就做兄妹吧！」

「妹要睡覺了。謝謝哥一再給我們送錢。晚安！」

第二天晌午，阿華坐上朋友的汽車來到阿逼的家。

「怎麼？就阿逼你一人在家？我是來辭行的。」

「媽媽還沒放學。逼妹請假一天，就等哥哥來。外婆和阿梅在廚房。這是媽寫好的文稿。婆婆，阿梅，快來給大叔送行！」她放下聲調，「記得給妹妹來電話。」

「這一百元是給阿梅的。記得我叔叔的事。沒時間了，要提早兩小時到機場。」

　　……

在阿逼看來，愛情太辛苦了，阿華連一個電話也不來。自己太癡心妄想，說不定阿華回到法國就結婚了。她正在自嘆命苦，半個月後，卻接到華哥首次主動打來的電話：

「阿逼妹！逼妹快樂嗎？媽媽在家嗎？」

「華哥。」

「告訴媽媽和婆婆，華哥平安到小島了。媽媽的信也早就寄到巴黎我的老師家了。老師很高興。贊媽媽的法文寫得很好哇！就像法國人寫的那樣。」

「媽很忙。妹妹會轉告媽。」

「妹妹還在美容院學習嗎？什麼時候畢業？哥就等妹妹開張。」

「再等一個月吧。開張？哥又不是來看開張的。」

「我這次回去金邊不用等一年了，半年吧？有好消息。」電話機傳來吵雜聲，「又忙了。唉，剛才還閒著，現在就來了大批客人。阿逼，再見！」

什麼好消息？阿逼的心動了，那就再等華哥主動來電吧！

一天又一天，阿逼苦等了一個月，忍耐不住，算准法國小島清晨時間，給華哥打了電話，卻沒人接聽。無奈，幾個小時後再打，卻聽到一個嬌滴滴、說法語的女人聲音。一定是華哥的情人，阿逼慌得趕緊放下電話。

阿逼睡在屋後小房間的地面，鋪兩層草席，蚊子和老鼠打擾得難以入睡。清晨打電話在小島是晚上餐期，晚上打電話怕

阿華未起床，深夜嘛，又怕吵醒身邊的阿梅。

　　阿逼心灰意冷之時，又接到阿華的電話：「逼妹妹！有我叔叔的消息嗎？」

　　「沒有。」

　　」美容店開張了嗎？」

　　「開張了。」

　　「生意好嗎？」

　　「還可以吧。請了三位美容院的學員。」

　　「身體不舒服嗎？」

　　「有時候胸悶，還有點疼痛。」

　　「保重哇！去看醫生吧。」

　　「有的醫生很壞。我們學員姐妹去看醫生，醫生藉口聽心臟，解開一半胸衣就把聽筒和手伸進去、向上摸。我問她碰到沒有？她說碰到了，還兩邊呢！女人這地方只給丈夫和自己的嬰兒。」

　　「法治未完善，以後會好的。」

　　「什麼都以後、以後。哥不理解妹的心。」

　　「生氣有害健康。如果那天在酒店發生那件事，萬一你懷孕就難堪了。」

　　「哥談這些有何用？上回的電話是哥的情人接聽嗎？什麼時候結婚？」

　　「是哥哥的餐廳女服務生吧？你不會聽法語，可叫媽媽聽

啊！我和女朋友分手了。」

「分手？我不信。」

「這是自然的。她埋怨哥迷上高棉不理她。她在巴黎教書，每年就等七月放長假相聚，我卻連續兩年跑到柬埔寨。本來我們是計劃今年結婚的，她辭職到哥的餐廳當經理，我卻有重要的事決意再去金邊一趟，僅僅為期十天。她也生氣了。」

「比結婚還重要的事？」

「巴黎法柬人民交流協會要給媽送聘書，聘請媽當顧問。法國將以文化交流的名義在金邊辦免費法文教育。他們出版的期刊發表了媽的文章，說這是首次來自高棉真正的聲音。他們要給媽發獎狀。我的老師還有一封信要哥親自交給媽，探討紅色高棉興亡的前因後果和國際共產主義前途。這不重要嗎？唉，你還是小孩子。」

「老說妹是小孩？我們年紀都不小了吧？現在哥不再猶豫吧？知道妹一直在等待哥哥嗎？」

「哥知道。但妹想清楚了嗎？我比你大十歲。」

「大十歲正好啊？美容雜誌說，不論生理心理，丈夫比妻子最好大十歲。」

「妹妹對哥又瞭解多少？我們相處才幾天。」

「兩年多了！妹瞭解還不夠多嗎？還記得媽說，在遊河船上，哥聽到胡寧之死就頻頻抹淚。」

「哥還要尊重媽的意見，還有外婆。」

「那好辦！媽和外婆求之不得。我讓媽在電話向哥證實。」

「還要在法、柬兩國辦正式手續。共同商討日後生活。」

「哇！哥哥救了妹妹！阿梅也很高興呢！我們在酒店的事，哥不會看貶妹吧？」

「決不！或者有那件事，才有今天。愛情是相互的、平等的。」

「太感動了。難怪這幾天妹老是眨眼睛。」阿逼哭了。

「妹妹不要哭。我愛妹妹。」

「我愛哥哥！說這句話等了太久了。快點來吧！來前先給妹知道，我們在原來的酒店見面好嗎？」

從此阿逼與阿華相約每隔三、五天就互通電話，互訴衷腸、情話綿綿。

一天，阿逼忽然起疑：誠實的阿華為何從準備與法國女友結婚到移情別戀不過短短兩個月時間？她在電話中問：「華哥，請不要生氣，記得哥還口口聲聲準備與前女友結婚，還說什麼我們是兄妹關係？為何兩個月時間就改變主意？」

「阿逼你問得好！是設身處地。哥與她東西方文化不相融合又不能互相理解。她說的也有道理，巴黎與小島距離八千多公里，九個小時的飛行時間，每次相聚都很不容易。她喜歡到歐洲旅遊，哥情牽故裡，一輩子怎麼過？不如早了斷。哥有一位早期到法國的華人朋友，娶了美麗的台灣妻子，因話不投機

不想生孩子最後離了婚，另娶一位長相一般但有共同語言的高棉婦人做妻子相愛至今還生了個男孩。這類例子很多。哥也設身處地想到妹的前途、對婚姻很焦急。妹說過，有上層人物的『健康娛樂部』招聘青春美女，擔心妹有一天經不起誘惑陷入其中，從此斷送前途害了一生；妹有胸痛，是心情憂郁、焦慮造成的，長此以往對健康危害很大。

愛情需要互相理解和真心付出才能過好一輩子。妹有過失敗婚姻，對哥又真心，必珍惜未來，只有哥能幫妹解決所有困難。哥快三十九歲，不能再等了。明白了嗎？」

「無論如何，哥與前女友的來往總比與妹的來往時間長，哥在法國生活也超過了在高棉出生到十六歲的年歲月，為何來高棉兩趟就對高棉如此眷戀？難道法國不好嗎？」

「情歸故裡。人們對童年與少年生長的地方會產生強烈的歸屬感。法國是歐洲文化、藝術中心，法文是世界最嚴謹的文字、法國高度文明。落後的印度支那國家人民要到法國來見識、開眼界，那裡的統治者要向法國學習很多東西。兩個概念、互不矛盾。」

「妹不是小孩啦！為何哥每次到柬埔寨都要到農村探望農民？在法國有到民間家裡去嗎？」

「發達國家不需要。人總是同情弱者，何況是我的國。」

「哥只見到善良民眾，沒見到壞人，這很片面。紅色高棉最高領導絕大部分是農民出身，中小幹部全是農民。」

「這是制度造成的。不說大道理，過去在巴黎，哥接觸許多柬埔寨難民，還成了朋友。不論華族、高棉族，善良是本性，罪惡是統治者。逃難時，成千上萬的人從遙遠的東北坐竹筏沿湄公河前往金邊，他們夜間沿途向各村莊投宿，沒有一戶農民拒絕，有的還讓出大空間、提供食物、噓寒問暖像親人。在馬德望，由於朗諾軍隊拒絕投降，紅高棉軍攻入城，不分男女老少全當作敵人一律槍殺，全城血流成河。數以萬計的人在槍林彈雨中、在逃往泰國的路上彼此互相照應、互相照顧甚至付出生命。這類例子很多。」

「將來妹老了，成了黃臉婆，比別人更醜陋，哥見到比妹年輕好看的，怎知道會不會變心？」

「真正相愛不分彼此。厭倦了逼妹不就厭倦哥自己嗎？哥比妹先老，比妹先醜陋。」

「阿梅很可憐，將來我們有了孩子，會偏心嗎？」

「西方人把兒童當作人類和國家共同的未來。西方人收容許多窮國的孤兒，法律對兒童有特別保護。美國收容大量中國的棄嬰、女嬰、發育不良的嬰兒。哥受西方文明薰陶，會很愛阿梅如親生。」

「高棉貧窮又落後，法國文明、先進又強盛。我們結婚後，只會拖累哥哥。現在很甜蜜，時過境遷怎麼辦？」

「結婚後，我把店出租給經理一年，我們帶阿梅一起到歐洲各國旅行、走遍高棉全境，再回來做生意。以後柬法兩國輪

流住。我們共同書寫令人羨慕的跨國婚姻。妹很聰明,會很快學好法文,懂交際,成為不同凡響的人才。別總往壞處想,這是一段美麗動人的柬法愛情故事。」

「妹不敢奢望,別抬得太高。只希望以後每年七月有一天一起到塔仔山拍牽手照,每年七月有一晚到金卡界酒店渡婚後蜜月。妹現在身體和精神都很好!胸也不悶不痛了。這是緣份嗎?」

「是緣分。尋親變娶親,一段佳話。」

「過往,哥沒覺察妹的感情嗎?」

「沒有。自從去年在酒店房間裡差點發生的事,逐漸回想一件件往事而覺察。」

「那天如果沒有阿梅,哥看到妹的身體會動情、下手嗎?」

「說到『下手』,太粗了。沒有阿梅,哥不會帶妹妹進入房間。」

「當時雖然很失望,過後卻很感動。這證明妹沒找錯人。記得,哥來金邊,事先別讓媽知道,我們先在酒店相會,我們先盡情歡愉但不過夜。第二天,哥要在媽面前向妹求婚,讓媽和外婆驚喜。」

「正合心意。第二天,讓我們回到彼此第一天見面的情景。哥就問逼妹『請問這裡有大人嗎?』妹回復『我不算大人嗎?』妹給哥砍椰子,紅著臉說「不用錢,送給華哥的。」哥

從褲袋裡取出一百二十元給妹……阿逼，這就是法國人稱為『羅曼蒂克。』」

「沒有椰子啦！我要陪哥到吾哥窟、蔔哥山、白馬海灘、國公島去羅曼蒂克。」

「兩個多月後的明年一月再見吧！一月份過了聖誕和新年，我們小島又常有暴風雨，生意淡，而高棉天氣較涼爽。」

……

人逢喜事精神爽。阿梅竭力不動聲色，她要兩個月後給媽和外婆大大驚喜。阿梅也常問起大叔，阿逼於心不忍有時漏嘴說大叔很快就來了。媽似乎有所覺察，試探問起她與阿華的事。阿逼說：「沒什麼啊！我們美容院客人多、生意好人就高興啊！」

一九九三年過了元旦，阿華和阿逼商量後決定起程前往金邊相會的日子是十六日星期六，下午媽沒上課可在家幫忙照顧阿梅之時。

「哥在機場給阿逼致電，約好幽會時間。」阿華說。

「別取笑妹，妹快憋不住了。在酒店親熱哥會拒絕嗎？會再次掃興嗎？」

「這次不同了，求之不得呢！男女相愛就會做那件事。」

「哥要將功贖罪。妹到時太放浪別訕笑。」

「那是愛的享受、神聖的心身交融、有益健康的。彼此在放浪中相愛，在相愛中放浪。」

大喜時辰終於來了。這天中午，阿逼交待三個女職員後，跟媽說，美容學校來電請她暫時過去幫忙，把阿梅留下就出門前往金卡界大酒店。

　　她看清房間號，按了門鈴，阿華隨即開了門，再順手關起門。

　　阿逼喘著氣進入房間，卻是一片黑暗。原來阿華怕阿逼害羞，關了電燈拉上窗簾。阿逼說：「不會羞了。但要檢查房間是否被人祕密安裝閉路電視，好事被錄影。」

　　兩人反復開燈又關燈，仔細觀察，沒有可疑之處。阿逼發現梳妝台有大紙包住的東西，阿華說，那是在機場買的明天求愛的鮮花。

　　兩人都說已洗了澡，便牽手上了床。阿逼紅著臉喘著氣說：「怕媽懷疑沒化妝。」

　　「美女不需化妝。」他坐上來凝視她，摸她的粉臉。

　　「以前只說妹身材好，沒說過美。」

　　「以前太遠沒仔細看，現在就在眼下果然真美。」

　　「以前不好意思偷看，現在可以看個夠。」她略解開胸衣，露出一半，「去年不敢看，現在哥哥儘管看個夠。」

　　「那是哥最美的藝術精品，怎可錯過？」

　　「妹的心在跳。哥不要穿戴雨衣。」

　　「什麼雨衣？」

　　「避孕套！美容雜志教的代號。」（以下省略）

阿逼反常的舉動躲不過媽的眼。當晚，媽問阿逼，是不是阿華來了？阿逼只好承認，還說：「明天傍晚我們收工後關起店門華哥就來了，華哥當著媽和外婆的面向阿逼求婚。媽假裝不知情，假裝驚喜。」

　　「阿逼，女兒的事媽猜到八成了。女兒從此過上好日子真是大喜啊！卻沒想到事情這麼順利。華哥人在法國，是怎麼愛上阿逼的？」

　　「華哥說是『情歸故裡』。」

　　「還是你們年輕人有辦法。」

　　一切順理成章，詳情無需贅述。

　　第二天早上，阿逼通知職工休息一天。阿華阿逼按照華人風俗拜了堂。晚上，阿華帶了一行人在餐廳喝喜酒，再帶阿逼到酒店洞房，再度魚水之歡，心身交融。

　　阿華在柬埔寨半個月時間內要辦理結婚手續，按照高棉風俗請客辦婚禮，為阿逼辦護照，帶阿逼和阿梅國內旅遊等等。阿華回到法國還要為阿逼辦理結婚和移民手續等等不在話下。

　　且說阿華忙於辦喜事、辦手續之時，也把法國相關機構邀請信、位於巴黎「法柬人民交流協會」給阿逼媽頒發的獎狀、期刊雜志和協會負責人、阿華的老師的私人信件一併交給她，一面雇人把阿逼的房間修葺、購置家私、安裝冷氣等，便帶上阿逼阿梅到外地旅遊。

返回馬提尼克島的日子到快了，阿華首次在阿逼家過夜。阿逼媽把寫給協會負責人的回信交給阿華，說：「我已答應法方邀請擔任未來法國援助柬埔寨文化教育事業，前來傳授法國文化的顧問。你的老師給我的信件意義深長，我復印一份給你，可在飛機上閱讀。

　　依依不捨告別阿逼和家人，阿華踏上飛往法國的班機。

　　在漫長的旅途中，阿華閱讀了老師給阿逼媽的信：

　　尊敬的金邊前施斯旺高中校長夫人：

　　感謝您給我們的雜志寄來用法文書寫的極其寶貴的文章「我生活在紅色高棉統治時期」。大作已經發表於本期的首篇。我們特此寫了社論：「來自柬埔寨的聲音」。

　　「法柬人民友好協會半月刊」是目前法國唯一專門傳播柬埔寨資訊的民間刊物，成立於一九七一年冬天。最近幾期的主要內容有：

　　評論：柬埔寨和平前景；

　　紅色高棉將在內鬥中滅亡；

　　親密戰友和姻親為何成為大敵—英薩利決鬥波爾布特；

　　越南入侵柬埔寨是人權大於主權。

　　屠夫愛國者——達莫；

　　「萬能政治家」—從波爾布特法文名含義看其人

　　內幕消息：中共已放棄波爾布特；

　　波爾布特妻子患上精神分裂症；

中國為民柬培養「文盲空軍」；

波爾布特的秘書在北京任柬語電台顧問。

此外，正如我們附送給您的本期刊物一樣，每一期都有多篇「柬埔寨難民採訪記。」「長篇報導：法國記者採訪泰國難民營回憶」、「法國的殖民統治改變了柬埔寨」、「西哈努克親王的法國情懷」等等。

我們還將在不久開設「從紅色高棉看國際共主主義運動」專欄。

作為柬埔寨高級知識份子、紅色高棉血腥統治的過來人，我冒昧謹以個人名義與您就以下八個題目坦誠交換意見：

一、恩格斯後期否定暴力革命，主張議會道路？

二、柬共滅亡後，世界再無「槍杆子裡面出政權」？

三、從遠的史達林到近的波爾布特，共產主義者為何不善待自己的人民？

四、非關種族、宗教、土地，柬共大屠殺的由來。

五、柏林牆倒塌、東歐變色，蘇聯解體，歷史必然？

六、社會主義陣營會卷土重來還是壽終正寢？

七、柬共的致命傷─以解放者自居、總以為得到人民支持。

八、印尼共、緬共、泰共、馬來共和柬共殊途同歸。

此外，我還想與您探討下列有趣問題：人們普遍認為，從波爾布特面相看，他是一個慈祥和藹的長者，看不出是個殺人不眨眼眼的劊子手。但您能從他在攻下金邊後舉行的閱兵儀式

和在北京與羅馬尼亞領袖齊奧塞斯庫合照的相片看出他不同的面相嗎？（附多張波爾布特不同時期的照片）

從以「世界共產主義傑出戰士「、」偉大的共產主義者」自居到落泊成為草寇、從北京的座上賓到過街老鼠，您能設想他後期的思想落差嗎？……

經過兩次轉機，十二小時後，阿華回到馬提尼克島。兩個思緒不斷在腦中出現：盡快辦妥與阿梅的跨國婚姻手續、處理未來的新生活；為阿逼媽和老師加強聯繫，使法柬人民友好橋梁暢通無阻。

二十多年過去了，今天，阿華夫婦已有個二十歲的兒子，阿梅也有個幸福家庭。細心的人注意到，每年七月有一天，阿華與阿逼在塔仔山上牽手拍照，從此，塔仔山成為青年男女山盟海誓、談情說愛的最佳去處；他倆也必在七月的一天在金卡界酒店當年的房間渡過他們的婚後蜜月。現在，金卡界酒店是外國情侶度假度蜜月的最佳住宿。

（2021年3月17日）

十五、情欲陷阱

小說

　　一九九三年一月，我從美國到柬埔寨旅行，用幾天時間去越南探親。

　　大巴士經過柬越邊境最後一個城市—柴楨省巴域市，到了邊防才知道要辦簽證。時已黃昏，只好下車在附近尋找旅店過夜，第二天回去金邊再說。

　　巴域市雖有大酒店，卻靠近或附屬於賭場，人地生疏，環境復雜不敢住，拉著行李到內街尋找民宿。走過一條街，只見一間普通民房改造成小店鋪，寫著中、柬、越三種文字的招牌「光輝化妝品商店」。這名字有點特別，那一定是華人開的店。

　　主人果真是華人，年紀與我差不多，放心不少。對方先用國語，後用潮語問我的情況，便互相問起名字。我的天！他原來是方光輝，是我過去的夜校柬文老師！那時，我心裡叫他「放光輝」，以至此名字一直在我的腦海中。他也叫喊我的名字，證實我就是他過去的學生，我們彼此激動握手，彼此端詳，努力尋找過去熟悉的相貌。

　　「別找什麼旅店了，就在我這兒住幾天！比你去越南好

吧？好傢伙！你還到了美國！來！談不完的話，談談我們分別二十多年的經歷吧！」

見到如此熱情的、與我同樣激動的良師益友真是幸運。那年，我們雖然認識僅僅幾個月，命運卻有特殊的安排，以至過了二十多年彼此也忘不了：既是紅色高棉的血腥統治使人們懷念過去，也是共同的鄉土之情、相同的命運讓我們相信緣份。

一九六九年，我在金邊一間機器廠做工。有一天在報上看到一則號稱「集中高水準柬華雙語教師、全新教學、速成實用」的「拉達那基裡柬文夜校」招生的廣告，便前去報名。

我到校務處詢問，只念過柬文一年級，後來自學，能報名讀三年級嗎？一位年紀與我差不多的年輕老師被安排回答我的問題。他叫我自寫一些短句，再寫一些單詞，他再念幾個單詞要我寫。真倒楣，我把「團結」這詞寫錯了。他鼓勵我：「沒關係，你就報考三年級吧！」考試時，試卷內容竟然是這年輕老師那天面試的單詞，包括「團結」兩字。我於是考上三年級。他就是我的老師「方光輝」。

班裡三十多名學生，大多數是工人、失學年輕人，也有在華校上學但柬文程度低、前來補習的，有的年紀比方老師還大。方老師是何方神聖？年紀輕輕就當我們的老師？

上課的第二天，方老師就選我做班長。這是怎麼回事？他瞭解我多少？我不敢接受。他說：「我需要你做我的助手，你一定能勝任。很簡單，你幫我登記同學名字，收集和分派作業

本子。幫我點名、傳話，如此而已。」

我逐個向同學登記名字，問到一位女同學，她幾乎虎視眈眈注視我的筆，我剛寫完「弓」偏旁，她立刻用不太高興的語調糾正：「是 zhan，不是 znang。」我突然想起是「詹」而非「張」字。

她叫詹明芳，樣貌得稱得上「校花」吧？幾天後，方老師交待我，「詹明芳頗有個性，你幫我觀注她。」我對方老師又多了個疑問。

方光輝是個盡責的教師，他的中文程度也好，課文翻譯很有技巧、很貼切。為了更准確表達柬文原意，他會用誇張的肌體動作和面部表情來表現，以致引起全班哄堂大笑。詹明芳睜大眼睛，含蓄微笑。

有一次他對高棉成語「滴滴滿竹筒」一時不知怎樣翻譯為中文成語，我舉手說：「積少成多」。他高興地說：「對，很好！同學們盡量幫我提意見，這才是學習的精神。」

大概年齡相若，性格接近，志趣相投，我與他逐漸熟絡了，有時放學了，他約我留下來談心。因此知道他的一些情況：

他來自上述柴楨省一個鄉下，家境一般。他在金邊華校讀完初中，再攻讀三年專修柬文科。他一向與後母相處不睦，畢業後留在金邊，他希望找一份能發揮所長的工作。有一天，他看到一則廣告，是「詹利興旅行社」聘請柬中文翻譯員，經

理面試後接收了。上班那天，經理卻要他做跑腿、清潔和廚房工，每週工作六天，每天十小時，月薪四百元，提供食宿。經理解釋說，先鍛鍊一個月，再看情況。「我剛來也是這樣，年輕人嘛，吃得苦中苦，方為人上人。」他覺得受騙，但為了生活，只好先忍受一個月。

旅行社的業務是賣機票，機場接送、代辦護照和出入境簽證，安排交通、住宿、聯繫導遊等。除了經理、廚師和他，還有一位業務員，負責對內對外的兩位公關，負責聯繫官方與遊客的兩位翻譯。

一個月後，經理要他外出送信，說：「旅行社的信件要當天交到客戶或有關機構手中。這是提拔你，將來你熟悉了旅行社所有業務，前途無可限量。」經理明顯要他繼續以低工資做繁重的工作。他與五個員工逐漸熟絡，在交往中他恍然大悟：經理是老闆的親戚，一切都是詹老闆和經理的詭計：當他熟悉廚房的工作，可以當廚師時，便把高薪的廚師辭退，再另外招聘新人以接替他的工作。經理也常測試他的柬文程度，對他讚譽有加，但可能也把他當作日後辭退原來更高薪的翻譯員的「備用胎」。

經理還告誡他：「如果要辭職，必須提前一個月通知經理，有特殊情況也要提前一周，必須說明辭職理由。這是商場規矩，你若不遵守，將來很難在社會立足。」

詹老闆一家三口住在樓上，明芳是唯一的女兒，正在念最

高程度的中文專修班。她進出都跟員工問好，打招呼，初次見到唯一的年輕人方光輝有點錯愕。幾天後，才略為向他點頭示意。

方與員工漸漸熟絡，與兩位翻譯員多有交流，遇到明芳在場，她就會出一些中柬文翻譯詞句加入話題。不知是出於學習還是考問，她出的題目多是難懂的巴厘文，光輝應對自如。明芳會說：「是嗎？別以為我不懂。」「你去查夏德文編寫的中柬詞典看看。」「我問的是柬文，不是德文。」明芳調皮地說，迅速走開了。

全國柬、華文學校放假的七月，是國內國際旅遊季節，也是旅行社一年最為忙碌的時候，方光輝從朋友處得知有一班志趣相投、興致勃勃的中、柬文教育界人士要辦高級柬文夜校，正在招聘高水準、有高度責任心的中、柬雙語教學人才。

方光輝利用休息日子前去應聘。他通過面試和筆試，順利當任三年級教師。

夜校即將開學，時間緊迫，那天早上，他提前五天向經理提出辭職。經理起初大為光火，但很快就控制情緒，說：「老闆和我都很器重你，你有朝氣，有活力，我們有意把你培養成旅行社的骨幹。你要把眼光看遠，年輕有為，來日方長。我們彼此信任，好嗎？」「我辭意已決，即將當任新職。」「當前是旅行社一年最忙碌、我們正需要人手的時候，你又違反了至少提前一周通知的規定……」「我去意已定，我也沒欠你們什

麼。」「那麼你今天吃過午餐到樓上向老闆說一聲吧！看你，還做不到兩個月，真是史無前例、空前絕後啊！」

老闆夫婦和明芳都在樓上。還沒開口，老闆請他坐下，說：「經理告訴我了。你如嫌工資低，告訴我你要求多少工資？你在外面打工，不如這裡人事熟悉……我們希望你改變主意，繼續留下來。」當然老闆說服不了他。老闆叫來女兒明芳，把事先準備好的紅包交給他，說：「這是我破格給你的獎賞，內有一個月的工資。有一天你在外頭打工不如意，歡迎回來。」老闆妻子說：「你還沒說出你辭職的理由呢？」方光輝說：「我即將到新開張的『拉達那基裡柬文夜校教書。」明芳脫口而出：「原來是當老師！我從報上看到了，學校距我們家很近啊！」

已是放假，夜校又近，明芳要補習柬文。她的柬文程度高於三年級，為什麼要報考三年級？這大概是光輝說的「幫我觀注她」的原因。

藉著班長身分，我問明芳：「你的柬文成績可上四年級，為何來上三年級的班？」「這有什麼好奇怪的？精益求精嘛！」

我不必再幫光輝觀注明芳了，她與光輝逐漸走在一起。放學了，他護送她回家。

明芳也有謙卑的時候，我曾聽到她向方老師道歉：「我爸和經理不應該用欺騙的手段讓你做廚房工。我一直覺得有虧欠

方老師。」

　　光輝老師教學有方，我的柬文突飛猛進。在後來的紅色高棉統治時期，我用上柬文柬語應對自如。他贊賞我的中文好，說相同的文章，我的柬譯中翻譯比他好。可知他很謙虛，把我當朋友。

　　三個月後的一九六九年十月底一個晚上，拉達那基裡柬文夜校突然無預警關閉，學校也沒張貼佈告。學校一片黑暗，幾百名學生無奈回家。到底是什麼原因導致學校倉促關閉？方光輝去了哪裡？

　　失去的才發覺擁有的寶貴。可惜我們都不知道彼此的地址。我和一些學生不甘心又去了幾趟，學校確實關閉了，不可能重開了。

　　我若有所失度過了一個月，突然驚覺，人海茫茫，可能只有明芳知道方的去向，她必會告訴我，說不定還能獲悉夜校倉促關閉的原因。

　　當時的柬埔寨華社十分封閉、保守，上門去找人家的女孩可能太唐突吧？要是被趕出來怎麼辦？

　　可是非如此便不可能知道方老師的消息，我決心前往。

　　幸運得很，星期天一早，我到旅行社門口就遇到明芳。

　　「班長！上哪兒啊？」

　　「還班長？學校都關門了。我正要找你，可知方老師去了哪裡？學校為何突然關門？」

「進來吧！外面不方便。氣氛很壓抑，我一早出來呼吸新鮮空氣……今天周日，大家未上班，」她領著我進入辦公室。她壓低聲音說：「千萬別去學校找人了！你知道了，我們是晚上七點上課。那天，安寧部多名便衣六點就進來，把校長和幾個高年級老師帶走了。校名『拉達那基裡』，原是遙遠的東北一個省，其廣大農村是紅色高棉祕密基地。安寧部門懷疑夜校是紅色高棉地下分部，利用教學發展地下組織，「拉達那基裡」是地下聯絡暗號……方老師沒事，但不敢留在金邊，回老家柴楨省鄉下去了。他走的時候匆匆向我告別，我爸還蒙在鼓裡，問他「什麼時候回來工作啊？」

「原來如此。」我嘆了口氣，「學柬文，以後還有機會，失去方老師，就不知到何處尋覓。」

「我也是。唉，從做我家的夥計到當我的老師，真有趣……時局緊張，你要留意官方媒體，關注政治動向了。」

「不打擾你，我走了。今後如何得知方老師的消息？」

「我也很想念他，但真的無可奉告。保重吧！」

時局越來越緊張，西哈努克親王不斷發表從攻擊自由高棉到攻擊紅色高棉的演講。兩者要破壞中立不結盟的王國國策。

五個月後，柬埔寨發生震驚世界的軍事政變，親美的朗諾將軍上臺，西哈努克親王流亡北京。

我失業了，又擔心戰爭拖久會拉壯丁，便投奔農村去了。從此再也沒有方老師的消息。

方老師的柬文教學幫我平安渡過戰亂的十年農村生活：能與高棉人融洽相處，適應惡劣環境。階級出身調查時，我能向其幹部清楚表明我是工人階級、無產階級，從而逃過屠殺──許許多多的華僑因為語言不通，表達不好、被認為是資本家而慘遭殺害。

　　如今，一次偶然的辦理簽證的失誤，我找到了分別二十三年的方老師。我們互訴別後的滄桑。

　　政變後不久，戰爭爆發，緊接著，美軍和南越軍隊開進柬埔寨。局勢緩和的一九七一年，光輝從柴楨省來到金邊利興旅行社探望明芳。他告訴明芳，作為長子，他覺得對不起有病的父親，今後要陪伴父親渡過戰爭的歲月。戰爭殘酷，生死難料，來作個告別。明芳的父親說：「我沒這麼悲觀，戰爭三年就會結束，西哈努克親王榮耀歸來。大家保重挺過三年吧！」明芳說，現在沒有外國遊客，只做國內。有錢人紛紛舉家出國，我父母也拿不定主意。光輝說，你們辦旅行社，比別人更有條件出國。別再猶豫，說服你父母趕快逃吧！將來和平了再回來。」她又問：「將來和平了，你到哪裡找我？」「就在你們這旅行社，我們也可到處張貼尋人啟事。」

　　第二天清晨臨走前，明芳送他出門，交給光輝三千元。光輝不肯收，明芳說：「都什麼時局了，還客套！記住，我等你，千萬保重！」「保重！明芳，我也等你。」

　　紅色高棉統治時期，他逆來順受，老實聽話，加上勤勞和

低調，又精通柬語，這樣的人對紅色高棉絕不構成威脅。作為青年，他被迫加入生產突擊隊。一九七七年，紅色高棉徵集柬中翻譯員。當翻譯員不再挨餓，不用過度體力勞動。他的老同學也「教育」他：「生活在毛澤東時代是最幸福的時代。為中柬革命友誼作貢獻吧！」他卻不為所動。他活過來了，那些自告奮勇當翻譯員的同學沒再回來，都「重於泰山」了。

「我父親和後母於大飢荒的一九七七年過世了，我弟弟失蹤了。潛意識中，我是為了明芳活過來了。明芳真的一直在等我嗎？一九八五年，紅色高棉下臺六年了，戰爭雖過去，人心仍惶惶，國門略有開放。我到了金邊去尋找利興旅行社的舊址，一無所獲，但無意在別處一間普通屋子門口看到一個佈告板，貼上許多尋人啟事。我的天！有一張「詹明芳尋找方光輝」的紙張。原來明芳在新西蘭，我高興得要瘋了！那時，柬埔寨沒有郵政，我只好到這邊境的巴域市通過越南人幫我寄信到新西蘭，我也就在此住下來……通過信件，一年後，明芳來到這裡，我們相會了，我們在那天定情了。我說，我倆相識才幾個月，卻等了十六年。她說看上我是為人忠厚，能幹，做事認真。此外，臨分手時，我力勸她父親一家趕緊出國，否則，他真的不想走，那可能全家都死在紅高棉手上……她在新西蘭做化妝品傳銷。她給我一筆錢，買下這間屋子。我們雖然以結婚的名義申請移民很快捷，但我必要證明我是越南僑民身分，這就麻煩了。在等待手續期間，為了生活，明芳從新西蘭寄來

化妝品，可做傳銷，也可零售。」

　　當年柬埔寨有數以十萬計的越僑，除了大量被朗諾政權和紅色高棉殺害，就是被解放後的越南政府接收回國，但在廣闊農村，仍然有極少數越僑。光輝自小生長在柬越邊境，精通越語，可以此證明為越僑，再用金錢賄賂官員，應無太大困難。但偏偏在此時，聰明一世，糊塗一時的方光輝掉進一件匪夷所思的情欲陷阱。

　　「明芳告訴我，三個月後手續辦成了，她親自來接我。沒想到，她提前兩個月無預先通知就來到我這裡，說是幫我處理賣掉屋子和剩下的化妝商品……我說，我們年紀不小了，今晚就結婚吧？她害羞點頭同意。雖然只有兩個人，結婚儀式總不能馬虎將就，我到市上購買結婚用的各種拜堂裝飾，回來時……原諒我，我說不下去。」他哭了。

　　我的心也被綁緊了。到底發生什麼事？當然，後來終於弄明白了：

　　光輝的化妝品商店沒能發展為傳銷，來往遊客匆匆趕路，不會到此內街購買化妝品。為了生意，他讓一些少年和無業遊民拿著三種文字的廣告印刷品到市上派發。那還是五個月前的事，一位三十九歲，來自北越的少婦持著廣告來見光輝，還買下不少化妝品。她瞭解到光輝三十五歲還沒結婚。她自我介紹在越南邊境近三公里處當小學教師。

　　「兩國三公里內的邊民是可以免簽證自由來往的，但不

能過夜。我們有多位老師想買化妝品。你有可能就到我們學校吧！」少婦說。

教師，光輝肅然起敬，於是跟她客套一番。幾天後，北越少婦又來了。她送給光輝一套越南女明星明信片，指著其中一張說「這張就是我，認出來嗎？」光輝認真看了看，果然是她，便贊不絕口。

兩次交往，光輝在她的鼓動下前去她教書的學校推銷化妝品，證實少婦在該校教書。

每逢週六、周日，少婦就會前來找光輝談心，靠肩、牽手、算命、捏耳朵……少婦步步進逼，終於把光輝勾引上床。

「真倒楣，我和她的交往、情色事全寫在小本子上。那天我去市上購買結婚裝飾，回來時明芳看拿著小本子臉色鐵青……」

來自越南北方的少婦為什麼會來到遙遠的越東邊境？光輝為什麼要寫下他的醜事？為什麼還留著小本子？少婦又是怎樣把單純、快將結婚和出國的光輝引上床？以至害了光輝與明芳的終身大事？

「一切都寫在這小本子上。除了你，沒有人可交心。這小本子記錄我和少婦交往的全過程。不好意思，你就閱讀前面三分之一吧！有些情節好比明朝情色小說『金瓶梅』。後面的請不要看。」

光輝的小本子日記是用柬文寫的，我大概看懂七成吧？

為此事，我在他家住了三個晚上，有看不明之處，他在一旁解說，也可知道我沒有偷看後面三分之二的內容。

事情發生在一九八八年尾，具體日期忘了。內容大體沒錯：

今天是北越少婦第三次到我這裡吧？我們互相問起名字，她說她叫「武孌」。她帶上一本越華字典送給我，還指出「孌」的意思。

「人如其名，很高貴、典雅。」我說。

「我們北越人發音標準，語言感情豐富，音調如玉石、琴弦。不像南方人生硬、無腔。」

「我也是第一次聽到北方音調，確實柔和動聽。」

『武』的南北方發音不同。南北方對『鍋、碗、芝麻、他或她，叫法也不同——說這些也沒用，你要出國，否則，我可耐心教你越文。」

「為什麼從老遠的北方來到南方？」

「祖國統一了，不分南北了。工作需要嘛！政府也鼓勵北方人到南方工作。在胡志明市，就有許多北方青年南下當計程車司機，南方畢竟繁榮些⋯⋯我們越南人用『兄弟姐妹』稱呼好朋友，表示親切。我三十九歲了，請問？」

「三十五歲。那麼我稱呼你為姐姐。」

「這才對！好弟弟，店裡就弟弟一個人嗎？做化妝生意應該讓女的做。」

「弟弟說過，未婚妻正在辦手續，可能半年後移民新西蘭……生意還可以啦！顧客大部分是賭場和酒店的女員工，小部分是姐姐介紹的學生女家長和姐姐的女同事。多謝姐姐了！」

「姐姐也單身。不信嗎？二、三十年的戰爭，我們越南男人死的太多了，國家男女失調，所以人們不信姐姐單身。」

「難怪姐姐的學校女教師比男的多。姐姐身材好，又這麼漂亮。這年紀，怎會單身呢？」

「說來話長。店裡只有一隻椅子，讓姐姐站著講話嗎？話太多影響弟弟的生意嗎？」

「沒關係。弟弟下次去買椅子給姐姐坐……弟弟的出國手續必須有越南的住址。姐姐說過可以用學校的住址，弟弟是校工，校長同意嗎？」

「校長是女的，是姐姐的知音，她很願意，絕無難處。到時送她一些禮物，弟弟到新西蘭，也可寄些禮物給她。弟弟有時間去學校見她，也好熟悉學校環境。」

「未婚妻說，只是走程式，到時請校長在檔上簽名就行。」

「好吧！哇，顧客來了，還來了三個。不打擾，姐姐走了，再見！」

晚上睡覺前，我取出上次她送給我的美女明信片。她真是其中一個？我仔細端詳，又像，又不太像。

◈　◈　◈

　　「姐姐來了！這回要幫幾位姐妹購買幾樣化妝品。」她進入櫃台，選了幾樣走出來，付了錢。「可以讓姐姐參觀弟弟的廚房嗎？」

　　「隨意，姐姐。」

　　……

　　「哇！沒想到，單身漢連廚房、臥室、浴室都收拾得很有條理，很乾淨。弟弟還沒買多一張椅子嗎？」

　　「姐姐就坐在這椅子上吧！弟弟先去衝茶。」

　　「姐弟之間不用客氣。看，這是姐姐帶上的一瓶水。有件事必須跟弟弟坦誠，」她走進我的房間，房間的小門打開，可看到外面的大門。她坐在我的床鋪邊沿。「明信片中的美女不是姐姐。明信片可當作簡單的信件寄出，貼上廉價郵票，不用信封，還可寄出國……姐姐如果能拍明信片，就不用出來教書了。弟弟看不出來嗎？」

　　「很像啊！但真人總比相中人美，熟人總比陌生人美。」

　　「另一件事，姐姐並非單身，分居了。丈夫在北方文化宣傳部任職，前期在『一九七九年越中邊界戰爭照片、圖片展覽

館』為外賓和市民、學生講解。越中關係正常化以後，展覽館關閉，上級派他到南方考察。他背著姐姐搞上二奶，被姐姐在南方的胞姐發現了⋯⋯後來，姐姐要與他離婚，但黨員、革命幹部離婚影響黨的形象，上級一調查，問題嚴重。他不肯離，解釋說尋二奶是因為姐姐無法生育，他要有一個子女留下後代而已，絕不會為二奶投入感情，要姐姐忍受。姐姐盛怒之下，在上述胞姐介紹下到此教書。現在心情逐漸平靜，但精神空虛、十分寂寞。」

同病相憐，我何嘗不是空虛、寂寞？我在這巴域市區四年了，不論是剛來時在興建中的賭場和酒店當建築工、賭場清潔工，還是在這裡開化妝店，都沒有一個談上話的朋友。甜美的武鸞給我送來溫暖，她說話的語調動聽，亭亭玉立的身材真是標準的模特，身上散發著迷人的氣息，美白的臉蛋配上淺淺的天然化妝膏，香氣滿溢，美若天仙。

她凝視著我。我回避她。她起身把房門半掩，回來與我貼身而坐。她問我：「弟弟有事出門怎麼辦？例如上街市買菜、上回到姐姐的學校？」

「很簡單，把門鎖上，貼一張『暫時關門』的告示。這裡沒有別的化妝店，客人一定回來。」

「那麼，弟弟去貼上『暫時關門』的告示吧！姐姐還有一事相告。」

「何必如此？」

「在紅色高棉生活久了，什麼事都不懂嗎？好！弟弟會看手紋算命嗎？姐姐來教弟弟。」

　　她拉過我的左手，認真看了一遍，說：「這是愛情線，我不敢說。但恭喜了，弟弟將來很有錢，命也長。」我不迷信，不學手相。她美妙的身體靠得很近，幾乎貼我的肩膀，我首次如此接近地聞到美女迷人的氣息。不過我還算清醒，不至於神魂顛倒。

　　「吃過越南餐嗎？下週六姐姐來弟弟的廚房做越南餐一起品嘗好嗎？我去買料。」

　　「常吃高棉餐，沒吃過越南餐。有口福，真是太感謝了！」

　　她來了，沒有特意化妝，很樸素，天然美，同樣迷人。

　　我在店裡清點化妝品，聽到她在廚房忙碌的聲音……她心靈手巧，很快做好了。

　　「弟弟啊！可以來吃了！這食料是用生菜包著、蘸魚露吃的，用手抓來吃的，習慣嗎？」

　　我們一邊吃，一邊做生意，沒人管我們，很愜意。吃完了，她幫我收拾、洗盤碗。

　　天氣很熱，彼此微微出汗，我們坐在床鋪邊上，在電風扇

的涼風下談話。

「弟弟真應該去外面見識了，別井底蛙。不介意吧！」

「很對呀！當然不介意。每天聽新聞，做生意，偶爾寫一些中文和高棉文字，真無聊。有姐姐做伴，心情好。」

「姐姐今天教弟弟一些知識，」她喝一口清水，再把杯子交給我，示意我喝水。接著，從褲袋取出兩片薄荷口香糖，每人各含一片。「沒病不等於健康。沒事時，按摩十個腳趾頭，強身健體。來，我教你怎樣按摩。」她把一腳放到床鋪上，另一隻手在自己的腳趾上來回按摩，兩邊都按摩完畢，要我把兩腳先後伸出來給她按摩。哇！真的很舒服。她拉上自己的褲腳，示意我幫她按摩腳趾，再按摩整個小腿。

她起身問：「現在可以把大門關上，貼上『暫時關門』吧！姐姐還有一個健康長壽、簡單不費時的竅門給弟弟示範。」我不由自主起身把門關上，再回到她身邊。

「就是按摩耳垂。」她用兩只手指先後輕輕按摩我的兩邊耳垂，又輕輕拉一拉，「耳垂肉厚實，氣血充盈，健康長壽。弟弟的耳垂肉比姐姐的厚，幫姐姐按摩吧！」

我們對面而坐，四眼相視，享受著相互按摩耳垂的樂處。突然，她把臉伏在我身上，兩手摟住我。我從未如此親近女人，美麗的武鸞令我心跳加快，臉有點發燙。

「弟弟舒服嗎？」我點頭。

「人要舒服，也會長壽。」她捧著我的臉輕輕吻下去，接

觸到嘴唇時，逐漸加速、加重、加深，香津玉液纏繞在我的整個唇舌之間，她的舌頭似乎在乞求或探索什麼。她對我是如此陶醉、如此深情。我內心在滾動，不由自主緊緊摟抱她軟綿綿的身體。

她解開上衣兩粒紐扣，讓我的手伸進去，再輕輕放下身子，示意我解開她的衣服。我頓時愣住，要做那件事嗎？我受不了她的綿綿眉目傳情，陣陣秋波送意。那是我憋了整個青少年的強烈性欲望，我要釋放，要解脫，要發泄……

她美麗的胴體真是我數十年夢寐以求的尤物、無以倫比的奇珍絕品：起伏有緻，雪白幼滑，秀髮香肩……我不顧一切、幾乎是扯下自己的衣服，氣喘如牛直撲下去……她用力翻過身體，阻止我的過度「暴力」，再回轉過來，掀然接受……

完事了。我滿意、帶著十分感激的心地望著她。心想從此不用客套、可以單刀直入了。

「姐姐無法阻止弟弟如此猛烈、像暴風雨般的動作。有點痛，但很痛快，真舒服。弟弟真是初出茅廬。小可愛，為何等到今天？」

晚上，我輾轉不能入睡：感覺對不起明芳，又對武鑾心存感激：一無所長，一事無成的人竟能得到氣質高雅、聲色縈情的無償獻身。

昨天早上，我應邀到武巒的學校。她事先告訴我，學校放長假，老師都回家，留下她一人看守。她在廚房準備越南餐陪我一起吃。我到校舍各課室參觀。

　　天氣很熱，她洗過澡，叫我也去洗澡。我明白她要與我上床。

　　「雖然學校沒人，但關門總是安心。房間昏暗，點上香燭較有情調……小可愛，姐姐教你，別衝動，要溫柔。情欲是兩個人的事，不可自私。姐姐是幫助小可愛將來與妻子行事，如何使妻子滿意，增進雙方感情。」

　　上回太衝動，這回可慢慢欣賞她美妙的身材：圓滑豐滿雪白的雙峰，兩顆紫馨小葡萄巧妙、精緻點綴在上面。她不急不緩地說「姐姐教小可愛五個性欲程式：第一，眉目傳情、互送秋波；第二，互相欣賞，輕輕撫摸；第三……」

　　「不好意思！這已是日記的後面三分之二部分了。別看了！」方光輝取回他的小本子。我如夢初醒。「你已經瞭解不少了，讓我們回到正題吧！」

　　「謝謝你對我的信任。明芳後來怎樣？你怎麼被她看到小本子？」

　　「那天我買了一堆結婚拜堂用的吉祥物品，一進門，明芳拿著小本子楞坐在椅子上，我嚇壞了，心知大事不妙，心撲通撲通直蹦跳。她臉色鐵青，冷冷地問：『這是你寫的？』」

要我如何回答？她盯著我，哭了。我頓時嚇得跪下來。這一跪，等於承認我與武鑾的事。

「你還珍藏她的明信片，好漂亮啊！是嗎？物證在此，你再說也沒用！你對不起我！你毀了我！你為什麼要這樣做？你狼心狗肺！你……」她發狂似地大叫大喊。我在羞愧和慌亂中，看到她身邊準備好的行李箱子。

「明芳，你聽我說……原諒我一時衝動，掉進情欲陷阱……」我哭了，頓時覺得天昏地暗，站立不穩。

「一時衝動？多少次了？你有臉嗎？」

我定神後，才發覺她走了，帶著行李走了。我趕出去，太遲了，她的背影消失在柬越邊境線上。

她回新西蘭去了。我不知給她寄了多少解釋、賠罪、發誓的信，她從不回信，我在這裡等她的回信，快三年了，最後一封信是原封退回來。」

「你鑄成大錯。本來就要結婚，到自由世界。太可惜。」

「這些我都明白。但是，為什麼武鑾可以回到她丈夫的身邊，明芳卻不能？」

「武鑾回北越去了？」

「她丈夫給她寫了好多好多解釋、賠罪、發誓的信。她原諒丈夫，回北越老家了。她走的時候對我說『總不能這樣拖下去，女人總要有歸宿。況且姐姐不能生育，可以原諒他。姐姐與弟弟多次性欲交融，也算是報復他。小可愛永遠忘記姐姐

吧！當作人生旅程一段美好回憶吧！永別了。』」

　　我說：「武鑾畢竟只是暫時分居，你與明芳是未婚關係；明芳為你付出太多，你幾乎是『坐享其成』；明芳是個絕頂聰明的人，她提前兩個月、沒事先通知就來到你身邊，就是要調查你有什麼過失、不忠。你卻留下小本子。」

　　「我留下小本子是為了回味那段人生特殊的經歷，下意識認為用高棉文寫沒事，卻想不到明芳提前來到，她還看懂高棉文。我來不及毀掉。」

　　「她為什麼不當場撕掉小本子？你又為什麼留下來？」

　　「她不撕掉說明她已絕情了。我留不留也不能改變什麼，當然最後還是要撕掉、燒掉。現在給你看正好幫我提意見。」

　　「事情無可挽回，我無從幫你。」

　　「我們都是柬埔寨六十年代和平時期的朋友。請問，明芳是否太絕情？如果換成你，你會抗拒武鑾的性誘惑嗎？設想你三十五歲，孤男寡女同處一室。」

　　「明芳若是個無知識，無文化、愚昧又無出路之人，可能會原諒你。然而，她從小就很聰明，她有文化、有見識，有真情。你想想，她要是忍了，嫁給你了，今後漫長的日子留下揮之不去的陰影，會幸福嗎？至於我嘛，相信我，我絕不會掉進這種陷阱，我沒有過人之處，這可能與出身卑微有關。我從小失去母愛，受後母虐待，父親因病去世，後母又嫁人，家裡容不下我，我還沒讀完初中，就在金邊打工。我生性遲鈍，讀書

成績很差，覺得此生永無出路，自認一文不值，極其自卑。如果有明芳這樣優秀的情人，那是三生有幸，一定會很珍惜，何況又能出國。你知道，多少人為了出國、投奔自由死在半路、汪洋大海之中？你呢？雖然也命坎坷，總不像我那樣自視卑微，對自由有強烈嚮往，對改變命運有強烈追求……台灣的馬英九被人問到，如果有美女在身邊誘惑、挑逗，會動情嗎？馬英九說，我不會讓她坐在我身邊。」

「明白了。多謝！我以前是你的柬文老師，現在你是我的另類老師。」

「你今後有何打算？」

「經營傳銷，新西蘭總公司每年自動給我供貨。生不如熟，我打算搬到金邊，金邊人口多，有機會發展傳銷生意。今後重新做人。」

「我想把你的事寫成文章給讀者閱讀，警示世人。」

「不可不可！」

「現實意義很大，也是多數男人面對的問題。你是開明、教過書的人，難道不理解嗎？」

「如果真要寫，請接受我三個條件。」

「好！謝謝！請說。」

「一，不要用女方的真名；二，光輝化妝品商店消失；三，從今年算起，請等到三十年之後。」

我做到了。親愛的讀者，詹明芳是化名，光輝化妝品商店早已消失，今年，正好事過三十年。

（2023年1月）

十六、長者典範

散文

定居美國加州洛杉磯的原柬埔寨教育界前輩林群（林振寒）老先生於今年九月三日因年老心臟功能衰弱，在醫院治療期間感染新冠肺炎不幸去逝，享年九十三歲。

上世紀六十年代，林群老先生先後在柬埔寨最大華文報章《棉華日報》當任總編輯、著名金邊民生中學擔任校委副主任、桔井省會桔井市中山學校校委主任。

我認識林老先生是在一九七一年六月柬埔寨戰爭時期東南地區的農村。在那個戰火紛飛的夜晚，他為我們一班年輕人分析時事，至今快五十年。此後我們也有多次在不同地區見面。一九七五年，紅色高棉上臺，我在東北山林務農，林老先生逃到越南。一九八一年我一家為美國政府人道收容，定居於費城，數年後，林老先生在親人擔保下也移民上述地區，我們從此便又恢復聯繫，而且關係很密切。在最後幾年，幾乎無所不談。

林老先生是我所認識的長輩中最為尊敬的一位，是長者的典範。我相信，在我的朋友圈，在認識他的人中也如此公認。至少，人們一提起他的名字都會肅然起敬。

林老先生一生有多方面突出的表現：

一輩子仁慈寬厚。林老先生言行舉止慢條斯理，從不發脾氣。他說話語氣緩慢，每句話都要先經過思考、細心斟酌後才說出口。他也很耐心聆聽對方把話說完。因此既有說服力，又尊重對方，顯得坦誠真摯；如遇意見相左的言論，他也細心聆聽，偶爾反問一兩句，僅此而已。這與那些容易衝動、暴怒、擅長挖苦、自以為是、咄咄逼人、言不由衷、盛氣凌人形成鮮明對照；一輩子關心患難朋友。上世紀六十年代，林老先生有過長達十六年的在和平環境中從事教育和傳播中華文化的生涯，也經歷過更長的二十多年的大苦大難：監獄之災、逃避戰火、背井離鄉、親人離散。

紅色高棉上臺初期的一九七五年，他和一班同輩率先逃到越南，之後陸續有許多柬埔寨年輕朋友也逃到越南，他對每一位成功出逃者感到慶幸、溢於言表。在當時越南排華的惡劣環境中，每個人都自顧不暇，彼此見面大多避之則吉，而他給年輕朋友提建議、噓寒問暖、安慰和鼓勵。到了美國，由於年齡關係，他雖然大多靠政府福利或養老金，但仍省食儉用，不斷為生活困難的外國朋友寄錢解困。每次兩三百到五百美元。由於從我這裡寄錢到越南方便又妥當，所以我知道，僅在越南，他每年向三位貧困朋友寄錢接濟。他所表達的不是區區數百美元，而是長者對後輩的關懷、萬裡的牽掛。

林老先生念念不忘在戰爭和紅色高棉時期不幸遇難的朋

友、學生、同事。他花極大精力、用了多年時間向世界各國朋友征詢、收集去世難友的訊息，還多次驗證以免有誤。最後共收集了數百位難友的名字、遇難緣由、地點、時間、年齡、家庭狀況、簡要履歷等，並印成小冊子，再花錢寄給世界各國各地有關的朋友或去世難友的家屬。

林老先生待人熱情豁達，對朋友不分年齡、文化程度、職位高低、貧富貴賤，意見異同皆一視同仁。每當有外地朋友到訪，他總是通知熟悉的友人一起聚會、述舊、照相，甚至在他家中住宿；朋友們辦喜慶，他通知有可能、有條件的朋友參與盛會；他若得知有朋友患病，會經常詢問病情發展、醫治情況等；每一次得知有朋友去世，他立刻通報各地朋友，並籌劃登報、獻花圈、慰問家屬，表達致哀等事宜。

鄉親，難友、學生、同事、同袍，猶如他的至親，是他一生的牽掛。這種特殊感情，源於同受戰爭磨難、極權大屠殺、生死與共、命運相同在他心中的凝結。

一輩子愛國憂民。新中國成立後，海外華僑歡欣鼓舞。鄉土之情，文化凝聚，歷史悠久、戰亂連年，人們無不對祖國從此走向國強民安、社會祥和殷切期待。加上中東友好的大勢，與許許多多文化教育界同仁一樣，林老先生在他投入的神聖教職和文化機構中，熱情萬分、大力宣傳愛國思想。

來到美國後，林老先生同樣關心祖國的政局變化和國際時事，同時更對美國懷有感恩之心。他抵達美國後經過細心觀

察，第一次寫了數萬字長文，探討美國經濟，提出類似數字貨幣的建議，並請專家翻譯成英文，分別寄送給美國總統、國務院、經濟部門、所在州長、各大英文報章等。也給一些朋友寄送中文原文。人們或可認為他不自量力、書生之見、自視太高，但難以否認他面向美國、感恩之心和愛國憂民。（我曾問他是否收到任何回復？他說，收到各大機構包括總統辦公室的書面簡單答復，表示感謝）

在他生命的最後一年，他對美國走向下坡，亂像叢生、危機加深而憂心忡忡。他決心再寫另一數萬字長文，分別就槍械、移民、種族問題提建議，準備寄送給美國總統、國務院等政府最高機構和各大主流媒體。在他寄給我的草稿中，印像最深的是分階段、用獎勵、加強員警力量等措施逐漸管控槍支最後全面禁止；難民問題，他提出與其常年花巨額金錢遣返非法難民，不如安排大量非法移民到人稀地廣的阿拉斯加開發。這樣，非法移民有工作，又建設了美國。可惜，這長篇建議書的最後部分因為精力不足而無法完成。他對女婿說，「沒人幫我完成最後的篇幅，這是我一生最大的遺憾。」

一輩子探索真理。來到美國後，由於資訊發達，瞭解真相多，他像年輕人那樣不斷思考、深入探索。他的思想認識並不隨著年齡增長而固化。太多太多的國際國內政治事件，已經不能從馬列毛著作中尋找答案。從他給我寄來許多剪報、個人感悟、時評、不同角度、長短文章的信件中看出，他對發生在中

國的各種敏感政治事件的分析和批判並不忌諱，他對過去的經歷敢於深刻的反思和檢討，承認自己也受中國文革、極左思想所害，一定程度也誤導了年輕人。

十多年前，我決心寫一本揭露紅色高棉血腥統治，造成至少兩百萬人民死亡的歷史悲劇、長篇紀實小說《紅色漩渦》，他是少數大力支持、不斷鼓勵的長輩。寫作過程，他給我提供資料、意見、修正、潤色，還為《紅色漩渦》寫了序言和後記。讀者可從他這兩篇文章感受其說服力之強、邏輯性之高。

他也大力支持另一位在法國的朋友主編、出版一本由越南、柬埔寨和老撾不同階層、依然健在的老前輩、歷史人物、當事人等集體撰寫的書——《印支華人滄桑史》。他的經濟能力差，卻依然慷慨出錢、寫稿、提供資料和推介。

一輩子淡泊名利。來到美國後，由於年齡大、語言不通、沒有特殊技能等，他只打過幾年工。與一些做生意發大財卻裝窮、騙取政府福利金的人相反，他很滿足清淡生活、知足常樂。與朋友的交情是他最大的樂處。

他樂於在朋友中根據各自不同的長處互相傳揚，從不揭他人之短，絕不談自己過去的風光歲月。從受眾人敬仰、社會稱頌的師長和領導到默默無聞的平淡無奇，他沒有絲毫心理落差。數十年來心態從容、面帶微笑、言而有行的做到關心社會和國家、傳播友誼和共用快樂。

林群老先生，我最尊敬的長輩典範，向您致敬！

（2020年9月9日）

十七、小詩兩首

遊吳哥窟

小手舉小舟
緊步傍身跟
群童她最小
叫賣未出聲

掛笛當盛裝
微笑露慈光
問起前輩事
開口兩心酸

豪宅似宮殿
破屋排排連
闊客昂首走
乞童滿街邊

懷念

（傅潄慧同學於柬埔寨戰爭前夕與家人飛往法國）

人生七十間
同窗僅一年
猶記讀書聲
轉眼在天邊

你已遠去
留下倩影
秀麗的眼睛充滿憧憬
睿智的心靈隱藏期待

像雄鷹翱翔高飛
如牡丹鮮艷綻放
你盛裝待發
迎來簇錦繁花

（愛好唱歌的蒲遂心摯友為印支解放事業投奔紅區）

少年懷大志
十年經磨礪

你躊躇滿志

躍然奔赴疆場

如勁松屹立

去迎狂風戰暴雨

再把萬馬奔騰的歌聲

飛越叢林山丘

（致以上兩位）

你有我的影子

我有你的夢想

曾經天真爛漫

一樣純潔無瑕

我卻屢經驚濤駭浪

走過漫漫長夜

才在夢中相遇

在心中永懷

十八、歷史真章

散文

　　金邊前大中華日報社長龔樂清：同學們、朋友們！你們好！今天是一九七零年五月二十二日，我很高興與你們相聚在這農村。這裡彙集了來自金邊和其他省市的華僑學生、教師、文化工作者和其他知名人士、熱血青年約一千人。你們離開了溫暖的家庭和親人，你們響應毛主席和祖國的號召，投奔解放區支持柬埔寨革命。

　　人類已進入科學空前發達的二十世紀七十年代。許多以前被認為不可能的事都成為事實，在不太遠的未來，科學發展更加神速，科學與迷信、科學與幻想有時混淆不清，現實與理想、現實與願望往往脫離甚至走向相反。占卦、風水、中國古代的觀天像等，就是迷信與科學兼有。中國明朝的劉伯溫能准確予見到中國幾百年後的事，柬埔寨兩次見到彗星兩次都發生戰爭。人類借助外太空的威力看到過去與未來的時空情景隨時可能在某種場合發生。

　　還是從去年九月二十九日淩晨柬埔寨上空出現彗星說起。那天，彗星掠過金邊上空後，從彗星尾巴末端分出一個小物體，原來是宇宙時空小飛船，小飛船低空慢駛進入金邊市幹

隆街三百六十九號Ａ，我在迷糊中搭上這小飛船。直到我清醒後，才知道我已經進入時空隧道。我看到了從現在一直到四十四年後的二零一四年世界、中國和柬埔寨發生的事。現在我回來了，我必要把我乘搭時空小飛船看到的事實告訴大家，幫助你們在這關鍵時刻避免誤入歧途……

金邊大華學校校長高山：同志們！龔佬是我們過去的領導，我們尊重他，但還是回到我們這次聯歡聚會的主題。我們舉辦這聚會有兩個目的：學習毛主席關於「全世界人民團結起來，打敗美帝國主義及其走狗」的支持柬埔寨人民抗美救國戰爭的「五。二零聲明」；為即將各奔革命前途的同志們聯歡慶祝。你們中有的參加越南南方民族解放陣線，有的參加柬埔寨民族統一陣線，有的留在華僑革命隊伍。我們都是來自五湖四海，為了一個共同的革命目標，走到一起來了。這是一個我們等待已久的參加世界革命的日子。熱愛祖國，心懷世界，不僅是我們這一千人，近年來陸續參加越南革命、參加柬埔寨革命地下黨和今天留在白區以各種方式支援印支革命的華僑人數更多，這說明我們過去的華文教育是成功的，全國華校、華文報章和體育會的宣傳教育是成功的。你們以實際行動支持世界革命，世界革命的視窗是從柬埔寨和印支三國打開的……

東南高中學校訓導主任賈愛國：高山同志，龔領導是主持人，請他再說下去。

龔樂清：同學們、朋友們，你們若活到二零一四年年底，

請記住我現在說的話，再看看我這個經過時空隧道看到的是否全是事實。也請記住，實踐是檢驗真理的唯一標準。

先說世界大事：柏林圍牆倒塌了，德國實現和平統一。

東北高專學校柬語科教師章要武：東德統一西德要等幾十年，也太久了。中國大陸統一台灣不會等到四十四年。

龔樂清：蘇聯解體、東歐全部變色走向西方民主化。

西南中學主任羅虎彪：毛主席早就說過：「蘇聯廣大的幹部和人民是好的，是要革命的，修正主義的統治是不會長久的。」蘇聯解體是大好事。再說，民主是個好東西。社會主義革命也是為了民主大業。那麼東歐的阿爾巴尼亞呢，和我們中國一起進入共產主義了嗎？

龔樂清：阿爾巴尼亞和中國反目。恩維爾.霍查總書記批判中國走向修正主義，中方也認為阿爾巴尼亞不再是歐洲社會主義明燈。

大華專修班優秀生黎通幹：我還會唱「海內存知己，天涯若比鄰⋯⋯我們的革命的戰鬥的友誼經得起急風暴雨的考驗⋯⋯」看來真正的社會主義國家只剩下越南、朝鮮和未來的柬埔寨了。那麼我們中國又發生了什麼翻天覆地的變化？毛主席說過：「從現在起，五十年內外到一百年內外，是世界上翻天覆地的變化⋯⋯」

龔樂清：中國的確發生了翻天覆地的變化。明年，聯合國恢復了中國席位，台灣退出聯合國，中美、中日建交。四十

四年後，中國綜合國力直追美國，成為世界第二大經濟體。中國成功舉辦了規模堪稱空前絕後的奧運會，中國已成世界第二體育強國，中國的經濟迅猛發展、撼動全球，中國已有了自己的航空母艦，軍事實力強大得足以對抗美日，中國人大量移民西方，中國成為世界最大的遊客來源等等，說明中國的確是強大了。但是，毛主席並非萬壽無疆，他老人家六年後就逝世，他的遺體放進水晶棺材，供人瞻仰。這樣，全世界包括朝鮮領導人金正日在內有五個領導人的遺體被濃烈的化學藥水浸泡後裝進水晶棺材，而西方國家領導人死後只能入土為安；林彪的身體也不會永遠健康，明年他就背叛了毛主席，他和妻子兒子搭上飛機逃向蘇聯時在蒙古國墜毀死亡；毛主席逝世後華國鋒上來不久逮捕了王洪文、張春橋、江青和姚文元；鄧小平復出否定文革，提出「實踐是檢驗真理的唯一標準」。他推行經濟改革三十年、一九八九年發生天安門大風暴，最後是習近平當選為中共總書記，掀起黨內大反腐，有多名政治局委員以上黨的高層領導人因貪汙巨額錢財或殺人或濫權或洩露國家機密被捕。僅二零一四年，共有四名副國級以上、六十一名副省級以上黨政高官落馬。許多省部級、中央級高官卷款逃到西方國家，各地都有大貪官，卷款或貪汙錢財以千萬或億萬計，黃金、寶玉、古董、名畫、錢幣多得要用多輛大卡車運載，央視多名女主播捲入與高官的情色交易，通姦成為一些官場新常態，馬列主義研究所所長包養情人、校長誘奸小學生，農村到

處有惡霸拆遷隊。祖國的社會風氣和環境污染達到了⋯⋯。。

高山：龔佬，你開始的發言還是愛國的，後面的就是反華言論了。你是否患了精神分裂症？你為何要造謠污蔑攻擊我們的祖國！

龔樂清：請朋友們冷靜。四十四年後，你們再來驗證我的話吧！你們就會知道我是愛國的。請讓我說到柬埔寨部分：柬埔寨共產黨經過五年一個月的抗戰「解放」了全國，但幾天後就把金邊和其他城市幾百萬居民驅趕到農村去，並在全國範圍內實行大屠殺，造成至少兩百萬人死亡。三年幾個月後，越共軍隊僅約一星期的時間就推翻了紅高棉政權，七九年越南解放後全國大反華，百萬人民投奔怒海，中國數十萬軍隊進攻越南北方，中越戰爭持續了十年之久⋯⋯

西北紅華中學校長葛蘭花：「把取得全國勝利的越共和柬共說成勢不兩立的敵人，把解救人民痛苦的馬列主義政黨柬共說成是殺人的魔王，中越兩國同志加兄弟的親密關係會演變成大敵？告訴你，「排華」只能是發生在帝修反這些國家。龔佬，你快進入幹拉省的大金甌瘋人院了。」

北方中學專修班重點培養優秀生畢佳偉：「革命往往到了緊要關頭，就有人跳出來進行歇斯底裡的攻擊。我們都是立場堅定的海外華僑革命者，生活在毛澤東思想的時代是最幸福的時代，你的話只能當作反面教材。」

資深愛國僑領成忠厚：在場有許多從抗法時期就參加革命

的老前輩，他們是經得起考驗的，澈底的唯物主義者也是無所畏懼的。讓他說完，最後我們來逐條批判。

　　龔樂清：親愛的朋友們，你們大多是天真純潔的人。我不忍心看著你們走上一條十分危險的道路。通過時空隧道，我確實看到了柬埔寨戰爭的結局是太出人意料。紅高棉是一個殺人的集團，其高層也互相殘殺。柬共總書記罪惡滔天，他的下場也是報應，死後被焚屍揚灰。柬共的興亡路線圖是：革命、屠殺、內鬥、叛逃、投降、受刑直到完全滅亡。柬埔寨共產黨根本就是一堆惡臭，我們要趕緊逃到外國去，跟著它是大災難……柬埔寨戰爭實際是幾個大國的爭奪，我們自命不凡，但其實就像鬥毆中的大像群中腳下幾只可憐的小猴子＿＿＿＿自尋死路。

　　當戰爭結束後，正是大浩劫的開始。你們當中，約有百分之三十五的人死於戰爭和紅高棉的大屠殺，百分之百的人在戰爭結束後回不了家，百分之九十的人家破人亡、百分之八十的人永遠見不到親人（說到此處激動流淚），百分之三十五的人將冒死逃到難民營並選擇投奔美國、法國、加拿大、澳洲等西方先進國家，只有不到百分之一的人選擇回中國，其他的因困難太大無法外逃而留在柬埔寨或越南。幾十名老一輩革命領導人的結局也相當淒涼：有二十多人在越南坐了十年大牢，其中一人死於牢獄，一人在出獄後自殺，有的到了西方國家長達十幾年精神失常最後鬱鬱而終，有的回到中國又千方百計逃到

自由世界，有的隱名埋姓不敢以真面孔示人。一個普遍的現像是不談政治，與過去的熱衷政治成為從一個極端走向另一個極端。不少人已忘記了「站在人民利益」的誓言和「歷史是最好的教材」的真理。他們在西方國家基本無所作為，幹著騙取、賺取各種社會福利的卑鄙行徑，把過去喊得響亮的「為國為民」口號一腳踢到北冰洋海底。當然也有一些思想開明的老前輩在西方過著悠閒的晚年：旅遊、閱讀、交友、上網、寫作、反思……一些人到了西方國家後，艱苦創業致富，把當地國當祖國，他們不謀求政府福利救濟、減輕社會負擔以救濟窮人，這才是真正的「為國為民」。

高山：住口！你這是胡說八道！把革命說到一無是處！你的真面目終於暴露了。你滾出去！叛徒！美蔣特務！投降派修正主義走狗！

龔樂清：朋友們，我雖然看到了四十四年後的結局，但我不知道年輕人中每個人的結局（再次激動流淚），我只能盡我所能勸你們趕快回家，與家人盡快逃到外國。沒能力出國的，要做好應付紅高棉大屠殺的心理準備。今後，我們要理直氣壯地做個自由人而不做猴子。老子說：「為而不爭。」意指要有所作為，但不鬥強爭勇。孔子也教導人們要遵禮重孝，順乎天理，不要逆天而動。你們將來都會生兒育女，你們將知道做母親的痛苦，做父親的盼望。你們這樣做，是不忠不孝。至於祖國，我們仍然深沉地愛她：壯麗河山、勤懇人民、悠久歷

史、燦爛文化。記住鄧小平的話：「實踐是檢驗真理的唯一標準。」我走了，讓我們相聚在西方自由國家！」

賈愛國：反革命終究沒有市場。這傢伙灰溜溜走了。

中部中學五好學生易懂理：「還搬出大走資派鄧小平的話來教訓我們，真不可思議。」

高山：反動派必然宣傳孔孟之道。台灣就是尊孔崇儒。同志們，我們將把他今天的反動言論彙報給上級。他將被永遠開除出我們的隊伍。

高山的兒子小山：把我們說成是被耍弄的小猴子。呸！我們是毛主席海外好兒女，印支華僑的鋼鐵長城！

羅虎彪：投奔西方？笑話！我死也不投奔西方資本主義國家！

葛蘭花：四十四年後西方國家的人民用毛澤東思想把那個罪惡制度給推翻了。

畢佳偉：他的發言只有使我們的革命立場更加堅定。同志們，道路是曲折的，前途是光明的。

高山：表演節目開始。薄套利，請宣佈節目內容。

金邊愛華體育會總幹事兼文藝總監薄套利：現在我宣佈聯歡節目內容。一，大合唱：東方紅；二，獨唱：我們都是來自五湖四海、一切反動派都是紙老虎、印度尼西亞游擊隊之歌；三，舞蹈：白毛女；四，朗誦：中阿革命友誼牢不可破：五，相聲：東南亞民族解放運動風起雲湧：六，二重唱，亞非拉

人民要解放；七，時事講述，赫魯曉夫是怎樣誇台的？八，話劇：學習老三篇；九，鋼琴演奏：我們都是劉胡蘭、董存瑞、丘少雲；十，大合唱：大海航行靠舵手。

…………

高山：這是一個勝利團結的聯歡會。同志們！明天起，你們就各奔戰場。讓我們下定決心，不怕犧牲、排除萬難，去勇敢作戰。你們要是光榮犧牲了，歷史永遠記住你們！人民永遠懷念你們！讓那個龔樂清見鬼去吧！四十四年後，不是什麼可恥的投奔資本主義國家，而是迎接共產主義勝利的明天！

全場爆發出雷鳴般的掌聲，經久不息。

十九、深入紅高棉最後基地——安隆汶

報導文學

今年九月二十日上午八時五分，我從世界著名的吳哥窟所在地——暹粒省會市中心以八十美元承包了一輛計程車前往紅高棉最後基地——安隆汶。

安隆汶距暹粒市一百零八公里，原是暹粒省北面最大的縣，現歸屬烏多棉芷省、位於靠近泰國邊境的扁擔山脈南側。

「安隆」是「坑洞」的意思，「汶」是「長」的意思。原來，這裡的地勢低凹。因而被稱為「長坑洞」。

汽車沿著 67 號公路向北行駛。公路平坦，路上車輛不多，村落農舍冷清，路過縣城時才見到市集、數百戶人家，加油站、商店、旅館、餐廳等。整個行程一個多小時，汽車來到公路盡頭，路旁一間普通的長方形木屋裡坐著十來個穿軍服的人，正在查問過往行人。再前方二、三十米處有一欄杆把路攔住。原來這裡已是柬泰邊境關口，那十來個人是柬境的海關人員。

我們下了車，計程車司機向附近村民打聽原紅高棉基地的位置。原來就在右側往下走一條土路的三、四公里處。司機把車開下土路，那兒有一間很大的木屋，屋裡閒坐著一群人，每

個人都好奇地望著我們。這大木屋是一間為前來參觀、採訪的遊客開設的餐館。現已生意冷清。主人告訴我們可把汽車停泊在大木屋前方的空地，先走路去看位於左前方一百多米處紅色高棉首領波爾布特火化的地方。

近處豎立了一塊用柬、英文藍底白字書寫的告示：「前方一百米是波爾布特火化地」。

一根豎立起來的竹子和相距兩、三米一間破舊不堪的小亭之間被一條繩子連著，攔住進入的小路。亭子裡一位婦人懶洋洋拉住繩子伸手向我們要錢。原來是收門票：外國人兩美元，本國人一美元，司機和導遊免費。

這是一處雜草橫生、小樹稀疏的荒地。只見另一塊告示木板用柬、英文寫著：「此處便是波爾布特火化地。」

一堆長四米多，寬三米，稍高於地面的黑土，上面搭了個簡單的防風雨的鋁板蓋。黑土四周用短木樁固定，再用汽水玻璃瓶圍住。這長方形的火葬地前方有兩個小香爐，稀疏地插上早已燒過的香，小香爐前方是一個生鏽的破舊小鐵盒，中間鑽個孔，大概是讓參觀者捐錢。小鐵盒上面有一個中國產的小圓盒清涼油。再前方兩米遠，有人搭建兩個讓人們追悼死者用的供人燒香祭祀的小木亭子，前面也各放一個小香爐。

這就是曾經的「傑出的共產主義革命家」、「偉大國際無產階級戰士」、二十世紀七十年代主宰過柬埔寨七百多萬人民命運並導致兩百萬人民死亡的紅色高棉最高領導人__柬埔寨共

產黨總書記、民主柬埔寨總理、柬埔寨民族解放武裝力量最高統帥波爾布特最後的歸宿。他被火化後，有人用周圍的泥土混和著波爾布特的骨灰，任其曝曬雨淋，後來才被人用上述方式「保護」起來。在金邊政府軍攻下安隆汶之前，這一帶是無人荒野，遠離村落，沒有關口，公路也是近幾年才修建的。

安隆汶地大人稀，全縣不到十萬人。波爾布特的紅色高棉在安隆汶縣有約一千個家庭的農民追隨者。他現任妻子和當地農民，都認為波氏是一個大好人，不相信他是個殺人的暴君。

聯合國把此處和紅色高棉基地列為世界文化遺產，洪森總理也曾建議把整個地區劃為旅遊區，由於許多人反對把罪惡區當作景點而暫未實行。此後才有收門票，即波氏火化處收費兩美元，基地收費四美元的規定。

波氏生前最後一個月，安隆汶基地中約兩千名士兵中有一千五百人倒戈，準備把金邊的洪森部隊引進安隆汶，以內外夾攻一舉殲滅波氏殘餘部隊。這支部隊的出走促使瀕臨絕境的總參謀長達莫、原副總書記農謝、原民柬國家主席喬森潘和幾百名隨員帶上因殺害宋成一家八口被判處無期徒刑的波爾布特一起倉促逃向泰國邊境。結果，大部分被洪森軍隊圍困而投降，小部分被泰軍一網成擒。農謝和喬森潘當場宣佈向洪森政府投降，達莫向泰軍繳械但聲稱並非投降洪森。在等待把波爾布特送交洪森政府前幾天的四月十五日傍晚，他睡在木榻上，五十多歲的第二任妻子準備為他掛蚊帳時，發現他已經不能動彈。

妻子通知身邊的衛兵。她待到淩晨，默默地帶著唯一的女兒離開了。兩天後的深夜，這衛兵把波爾布特的屍體像狗一樣拉到這裡，砍樹枝斬雜草覆蓋後，找來一個舊輪胎壓上去，最後再把他日常用的籐椅、蒲扇搬來放在輪胎上面，淋些汽油放火燃燒。波爾布特死時還差一個月滿七十九歲。

波爾布特的死成了國際新聞。幾天後，泰國法醫、西方記者前來驗證和採訪。紅高棉澈底滅亡後，金邊的洪森總理、軍事人員、暹粒省長等軍政高官也來察看。接著，聯合國官員、泰國官方、西方記者、外國和本地遊客也絡繹於途並持續了好幾年。據附近村民說，現在前來採訪或觀看的人已很少了，每月大概有兩批，人數十來人、幾個人不等。由於現場過於冷清，我可能是今天唯一的探訪者。

波氏火葬地距泰國邊境大約半公里，距他的基地大約三公里。基地分兩部分：「軍事指揮部」和「生活駐地」。前者多次擊退金邊軍隊的大掃蕩，後者是上述四個紅高棉大頭目的起居處。整個基地方圓大約五公里，沒有高山，樹林疏少，擁兵兩千，自越南軍隊占領金邊後在此安營紮寨並堅持了十七年之久。後來，在完全失去中國的援助後，仍連續三次給前來掃蕩的裝備精良的金邊政府軍造成慘重傷亡，還於一九九六年五月三日主動出擊，攻陷一百公里外的暹粒省會。

基地的紅色高棉為何有強大的戰鬥力？為何能堅持十七年之久？為何得到當地人民的真心擁護？它最後是怎樣滅亡的？

或許，基地本身能給我們一些答案。

　　安隆汶地勢低，但越接近泰國邊境地勢越高，紅色高棉基地緊挨扁擔山脈，軍事指揮部便設於距公路數公里的高地上，汽車可從公路直達指揮部。

　　汽車在平坦的泥土路前進。沿途有守護邊疆的軍營、人民辦事處和小醫院。

　　在這方圓三百多平方米的高地上，樹木疏落，灌木叢生，空氣涼爽。一塊巨大的岩石橫臥於高地最頂端，站在此巨石可俯視下面遼闊的田園、公路、村莊等景物，從暹粒進發的洪森軍隊行動完全暴露在指揮部之下，指揮部有足夠時間佈置陣地，實行阻擊，加上居高臨下，占盡優勢。敵方若以炮轟，有天然巨石阻擋，若避開巨石，炮彈極易落入泰境，泰軍方必以相同方向回擊，洪森軍隊的炮轟等於回轟自己，而紅色高棉可坐山觀虎鬥。這便是洪森軍隊屢攻屢敗的原因。

　　指揮部周圍有數個水塘，南兩百米另有一營地，有鋼筋混凝土營房，營房有四間地下室。一間方形、高約四米的水泥屋建於叢林之中，水泥屋封頂，四壁的中間一人高處圍以兩寸高的鐵網，可觀察外面情況，機槍又很難打進來，這是達莫的掩護所。除此之外，基地並無其他特別之處。

　　自從洪森政府接管基地後，這裡建了四、五間屋子，中間最大間是一位駐守軍官，他和他的幾個部下在這裡駐守了十多年，現在，這六十多歲的軍官患多種疾病，兩腳腫大只能躺臥

床鋪，由他的家人照顧，大概基地已無駐守必要，部下也回鄉去了。我探詢時給他一些錢，祝他康復。他雙手合什答謝。他的家人驚訝我這個「外國人」會說流利的高棉話，一聽我說曾生活在紅高棉統治時期，更感親切。

其他屋子是小賣部，小餐廳。一間小旅館。原來是準備開發成旅遊區用的。

距指揮部三公里，是紅高棉的生活起居區。波爾布特、達莫和宋成的住宅區各分散相距三、四百米到五、六百米。宋成的屋子早已被燬，波爾布特住宅區最大，兩排各有六間屋分別建於風景優美的山區較平坦之處。波住在最大的兩間，內有伙食和娛樂設備。其他是衛兵營房、會議廳、課室等（波氏大部分時間在這裡為軍事幹部們教授軍事常識）。可惜，這龐大的住宅區被金邊和反戈的軍人多次摧毀，最後放火燒掉。洪森軍隊前來接管時，一些軍人爭相闖入他的房屋想搶掠財物，但一無所得，只有大批檔散落地面。房子燃燒後，文件也成灰、四處飛散或成為軍人的大便紙（農村沒廁所，高棉人有到叢林中大便的習慣）

波爾布特有一半華人血統，其相貌更像「唐山大伯」。他談吞舉止文雅，內腑卻深不可測。他給自己起的名字便可印證其狂妄野心—「波爾布特」來自法文，意為「萬能政治家。」

十多年過去了，上述包括喬森潘、農謝等紅高棉大頭目的屋子已被野草樹木掩沒、無跡可尋。然而，基地左側達莫的

屋子卻完好無損。屋子用優質木料依照柬埔寨民間的格式而建，高約十米，三層樓、地下室。在三樓的陽台可望山下湖光山色，三樓牆壁上掛了三幅大圖畫：中間是柬埔寨地圖，兩側分別是吳哥窟和農村景色。可看出達莫熱愛祖國和農村的感情。這裡是達莫主持幹部會議的地方。二樓是達莫的臥室，緊挨屋子的外牆有一承接雨水的水池。近處還另一間兩層樓的大屋，是用來接待外賓、召開高層會議用的。一間較小的屋子是警衛們居住的。這幾間屋子的外面有一巨大的通訊鐵塔，鐵塔近處一間沒有牆壁的屋子，放置一輛當年中國援助的現已廢棄的軍車的後廂，還顯示「長春第一汽車製造廠」字樣。後廂的後面開了幾個方形洞口。廂內空無一物。這軍車後廂和通訊鐵塔便是當年紅高棉的廣播電台。這後廂的一旁地上有兩個大鐵籠。據介紹，鐵籠是用來囚禁一切被認為的「敵人」。鐵籠中的「敵人」，將被抬到下面的湖中淹死再抬去埋掉。在鐵籠一旁，有一排五、六個已很殘缺的小水池。未知是蓄水還是處置「敵人」用的。

由於紅高棉拒絕加入聯合政府、拒絕執行聯合國關於所有軍隊解散百分之七十的規定，金邊政府宣佈紅高棉為非法組織。一九九四年二月十六日，洪森與拉那烈首次聯合採取軍事行動，出動飛機、坦克、大砲和近萬軍隊強攻安隆汶，紅高棉被迫撤退。安隆汶基地被首次攻破，金邊軍隊破壞了通訊鐵塔。兩個多月後，紅高棉軍隊發起反攻，駐守基地的金邊一千

五百士兵又逃離基地，紅高棉重新修復了鐵塔。

　　別以為紅色高棉是烏合之眾，占地為王，其領導層絕大多數是高級知識分子：留學法國的博士，經濟學家，大學教授、工程師、西哈努克王朝的高級公務員、報社社長、主編，記者，還有一位律師。

　　別以為紅色高棉在基地過著艱難困苦的生活，他們衣食不愁、水源充足、空氣幹淨、完整的中國式裝備，連達莫被捕時也戴著中國式軍帽。當洪森軍隊短暫占領基地時，發現其未帶走的大米有一千一百噸，頗有規模的醫院，水池還有先進的過濾設備。這些，源於早期中國的大力援助，後來是西北拜林基地豐富的名貴木材和寶石換來了大量美金。

　　別以為此時的紅色高棉是黑惡集團、人見人怕，他們在安隆汶縣得到農民的真心擁護。基地中見不到兩千士兵的營房，他們生活在農民之中，紅高棉本來就靠農民起家，此刻，他們與農民同生活共勞動，一起參與縣裡的基礎建設、通婚、生子。農民可進入基地參觀，參加會議。達莫待農民小孩像孫子。波爾布特的二任妻子就是當地婦女，比他年輕二十多歲。她主動表示對他的愛慕。

　　別以為紅高棉都是亡命之徒、目光短淺，他們其實富有理想，強烈的愛國心，最堅決反抗越南的侵略、擴張、滲透和霸權。在後來，幾個大頭目也想到年紀漸老，要有接班人的事，有意培養年輕的師長、營長、年輕幹部如廣播電台台長、對外

發言人馬本、前駐中國大使江裕郎等。他們也爭取各種機會向外界表明其開明思想、與過去執政時期的極左思想切割。

　　但是，他們在執政的三年八個月中，自以為是的小農思想加激進的毛主義、僵化的馬列主義相結合給國家和人民帶來的傷害太深重。包括波爾布特在內的領導層儘管後來作了檢討，也是輕描淡寫、避重就輕。一九九七年六月十一日，波爾布特殺死宋成一家大小八口，其殘忍程度足證他的本質不會改變，反而是純屬農民出身的達莫最後時刻為人民做了一點好事：一舉逮捕了波爾布特，並以審判代替暴力處置了波爾布特（這大概可解釋為達莫的屋子被保護的原因）。但是，國際社會和國內人民都不相信他們，不讓他們東山再起。因此，他們最後的滅亡也就不可避免：軍心渙散、內鬥不止、澈底孤立、連最高層絕大多數人也對前途產生絕望。最後，碉堡從內部被攻破了。

（2014年11月1日）

二十、波爾布特最後的日子

報導文學

　　在柬埔寨國際機場和金邊各大書局，出售有關紅色高棉
及波爾布特的外文和柬文書籍有幾十種。在中國一些網站、鳳
凰電視台，討論和揭示紅高棉、波爾布特的罪行也逐漸不成禁
區，國際法庭審判紅高棉領導人已將他們的罪行公諸於世。幾
十年來，西方記者、政治家、歷史學家、媒體、國際組織等等
對紅色高棉及其領導人鍥而不舍的追蹤、採訪、探討、調查，
所有這些，使這場二十世紀人類最大悲劇的歷史事件和真相呈
現得日益清晰。

　　紅色高棉，也即柬埔寨共產黨，誕生於一九六零年九月
三十日，滅亡於一九九八年十二月五日，在這三十八年中，其
先後與西哈努克王朝鬥、與親美的朗諾政權鬥、與越南侵略者
鬥、與本國人民中的「階級敵人」鬥、與金邊洪森政權鬥，在
不斷的鬥爭和殺戮的同時，數十年來黨內部也殘鬥不止，最後
在內鬥中滅亡。

　　波爾布特，柬埔寨共產黨總書記，出生於一九二五年五月
十九日，死於一九九八年四月十五日，在這將近七十三年中，
經歷過與王族有關係的宮庭生活的童年，留學法國、接受共產

主義教育的青年，壯年時擔任國家和黨的最高領導人，到了中年，下野並流落山林打游擊直至步入老年，最後在走投無路、眾叛親離中被焚屍揚灰。

　　一個被譽為國家領袖、民族英雄、偉大的共產主義戰士、馬克思列寧主義者，是怎樣走上這條給本國人民帶來深重災難，成為曠世罪人，又自取滅亡之路？波爾布特最後的日子是怎麼過的？讓我們從紅色高棉後期的各種零碎的資訊和在安隆汶基地的見聞整理出一個概貌：

　　從一九七九年起，波爾布特被越南軍隊趕下臺後的十九年中，他就沒離開過位於柬泰邊境的山林基地。他與士兵們同甘苦，與農民在一起。他沒有為自己或親人謀取私利。七五年紅高棉統治全國時期，他的大哥也與全國人民一樣被趕到農村勞動，後來大哥找到他，他也安排大哥在合作社勞動；他與比他大八歲的妻子沒有孩子，岳母不滿他把魚米之鄉的佛教國家搞到民不聊生、淒風苦雨，同樣是黨內高層的妻子長年夾在善良的母親與激進共產主義丈夫之間從而患了嚴重的憂鬱症到北京醫治直到終老。在他兩次逃離基地時，人們沒在他的住所發現任何值錢物品，死後證實兩袖清風。他的追隨者和士兵都相信他所做的一切都是為著國家和民族的解放，他的戰友原來也公認他是一位共產主義革命領袖，他也得到中國的大力支持。

　　下臺後的紅高棉依然佔有全國面積五分之一弱的土地，均是地大人稀的西北與泰國接壤地區。此處建有兩個基地：馬

德望省拜林市和附近的馬萊山區，由英薩利、農謝和喬森潘駐守，英薩利掌握八千兵力；暹粒省安隆汶縣山區，由波爾布特、達莫和宋成駐守，擁兵兩千，由達莫直接指揮。在這些人中，波最信任的就是英薩利。

波爾布特與英薩利一起留學法國，從抗法到抗美、奪取全國政權到抗越幾十年時間都是並肩作戰，兩人又有連襟關係。在紅高棉占領全國的七五年四月一次在從金邊奧林匹克運動場到波成東國際機場舉行的閱兵儀式上，兩人在檢閱臺上並肩而立，一副君臨天下、意盛氣昂、傲視一切的高姿態。在與越南和洪森政權的鬥爭中，波爾布特讓他掌握兵權達百分之八十和控制紅高棉的經濟命脈。但隨著局勢發展，兩人最後演變成敵人，幾乎兵戎相見。其矛盾來自兩方面：

一九八九年九月二十六日，越南從柬埔寨撤出最後一批軍隊，次年九月，洪森與包括紅高棉在內的抗越三派成立「柬埔寨最高委員會」。九一年，各方宣佈無限期停火，同意實行自由政治制度、各裁減百分之七十的武裝和組織政黨參加未來大選等協議。

九二年二月二十八日，聯合國安理會成立聯柬權力機構，接著，維和部隊進駐柬埔寨。紅高棉與另兩派抗越組織和洪森政權簽署和平協議。但在執行第二階段停火協議的裁減軍隊、成立政黨、準備大選時，紅高棉出爾反爾，拒絕合作。在一次高層會議上，英薩利力排眾議，提出要遵守協議，以免失信

於國際，又錯過重返政壇的時機。英薩利的發言遭到波爾布特和達莫的嚴厲批評，指他喪失立場，「交出軍隊等於交出生命」。農謝、喬森潘和宋成也先後批評英薩利。英薩利因此失勢。

英薩利駐守的拜林和馬萊山區擁有豐富的寶石和森林珍貴木材，在與泰國的貿易中，年收入達一千多萬美元。成為紅高棉重要經濟來源。波爾布特原來答應英薩利的建議，在向泰國開放寶石產地和開發森林之外，允許他的軍人適當與泰國人做小生意，以安撫軍人。後來發現英薩利的軍官從事走私的規模越來越大，便發布禁止軍人從商的命令，還要求他們把過去所得歸公，這樣就得罪了拜林基地的軍官，也加劇與英薩利的矛盾。

一九九六年。波爾布特發現英薩利對他的命令公然違抗，便命令達莫和宋成率領一個師前去討伐。英薩利此時準備與波爾布特決裂，便派出兩個師前去應戰。達莫宋成軍隊在半路聞風落荒而逃。波爾布特隨即通過安隆汶基地的廣播電台宣佈英薩利為「最可恥的人民叛徒」。最終導致英薩利向金邊的洪森政權投誠。洪森開出優厚條件：不咎既往、只換軍服，繼續管理拜林、繼續掌控軍隊，保留原有官階、英薩利的兒子英武擔任柬泰邊境軍事指揮官等等，洪森這樣做是為了在安隆汶掀起投誠浪潮，兵不血刃澈底瓦解紅高棉。九六年八月九日，英薩利正式投誠洪森。同時投誠的還有紅高棉副參謀長、各師師

長、達莫的女婿、財務主管等中、高級幹部五百人。英薩利帶走的不僅是紅高棉百分之八十的軍隊，百分之九十的財富，還讓紅高棉損失了百分之五十的領地。

英薩利在其統治拜林時，將其從泰國的貿易部分收益讓利於人民，拜林地區八萬人民過著比金邊洪森政權統治下大部分人民的生活好得多，以至於九四年聯合國官員到拜林視察時大為驚訝。他對部下和士兵也關懷備至，儘管之前金邊電台日夜向紅高棉士兵策反，拜林士兵不動如山。

英薩利的出走，猶如波爾布特斷了一臂。但接下來宋成的叛逃計劃，便要了波的命。

金邊三派按照原計劃裁減軍隊、交出武器、準備大選。安隆汶紅高棉基地軍心浮動。九三年五月二十三日，全國進行首次大選，紅高棉在大選前二十天向暹粒省會發動長達六小時的軍事進攻，並占領該市一天。波爾布特的盤算是，向世界證明民柬雖沒參加大選，但其存在是不可忽略的。大選如期順利進行，並產生了制憲議會，得到聯合國承認。次年的七月七日，紅高棉被新政府宣佈為非法組織。對此，波爾布特並不在意。他屢次在高層會議上強調：保存實力、以靜制動、等待時機。他堅信，分別代表親越又腐敗的洪森與代表親王的拉那烈兩派不久必將矛質激化，最後火拼導致兩敗俱傷，形勢不可收拾，聯合國無能為力撒手不管，紅高棉可以軍事為後盾再要夾西哈努克促使紅高棉再度成為國家主要領導力量。

但是時間不在紅高棉一邊，金邊兩大派似乎相當合作，雙方軍隊甚至首度聯合出動大軍進攻安隆汶基地，迫使紅高棉敗退長達兩個月。西哈努克親王還多次指責紅高棉毀約，自絕於民族之外，稱紅高棉「不承認越軍已完全撤離柬埔寨是對新政府的侮辱。」過去的戰友如今都站在洪森一邊，紅高棉在國際國內空前孤立。

　　早在大選前，宋成在「當今形勢和我們的對策」高層討論會議上提出「為了民族和解、誠信和國際形象，必須加入聯合政府，不可再次錯過機會」。他的主張與之前的英薩利一致，因而也遭到波爾布特、達莫和農謝的嚴厲批判，喬森潘是三人最後的附和者。

　　宋成，一九九零年九月，曾與喬森潘一起作為紅高棉的代表和另三派成立「柬埔寨全國最高委員會」並多次出席國際會議，聽到了包括中國在內的國際呼聲：四派必須結束戰爭，走向和解。中國代表甚至通過他倆明確勸導紅色高棉必須放下武器、執行協議、參與大選。宋成也清楚紅高棉在國際上和本國人民心中的惡名，未來要成為國家的主導力量是絕不可能的。

　　宋成被排擠後不久，任紅高棉師長的弟弟率兵五百投降金邊政府。成為英薩利叛變以來另一重大事件。波爾布特加強了對宋成的暗中監視。

　　宋成有兩個方面與金邊暗中來往：已投誠的任師長的弟弟和擔任對外宣傳部長的妻子雲雅。雲雅利用現代通訊設備祕密

聯繫金邊的拉那烈。宋成可能認為，向拉那烈這位第一首相投誠比向親越的洪森投誠合情合理又不失體面；對拉那烈來說正是求之不得：有了宋成可提高了威望，增加與洪森鬥爭的政治資本。

一九七年六月九日，波爾布特的衛兵發現雲雅與金邊方面的聯絡電郵並立即報告波爾布特。顯而易見，宋成若投敵，後果比英薩利叛逃嚴重得多，等於把紅高棉澈底瓦解。當晚，波爾布特無法入眠。深夜，他下令召開師級以上幹部會議。宋成被叫醒，他與雲雅預感大禍臨頭，兩人在衛兵面前無法作出任何行動，只跟衛兵說聲「你先走。」

不到半小時，波爾布特改派一位師長佩帶手槍前來催促宋成夫婦去開會。師長見兩人唯唯諾諾，站在窗口下裹足不前，隨即拔出手槍對准宋成頭部開出一槍，接著又向雲亞頭部連開幾槍。宋成六個孩子在睡夢中嚇醒，有的還來不及呼叫，師長已衝進房間向這群孩子逐一開槍。師長走出門時，再在宋成身上連開幾槍⋯⋯

師長回來在會議上向波爾布特彙報已將宋成一家八口伏法。波氏隨即向與會者宣佈宋成夫婦的罪狀，聲稱勝利挫敗了一起叛變陰謀。

眾人啞雀無聲。達莫站起來，拍了一下桌子走出會場。會場氣氛緊張。波爾布特宣佈散會。

第二天一早，波爾布特又下令軍人把宋成一家八口的屍體

搬到屋外用大卡車來回輾壓，路面血肉碎骨便溺滲雜，氣味惡臭熏天。

　　達莫，原名「切春」，一九二五年出生於下柬埔寨，即越南占領的原柬埔寨東南地區。他出身農民，作戰勇敢，抗美時期，是西南大區首領，在其管轄區內殺人近萬，從此得個「屠夫」惡名。占領全國後，統領全軍。此時是紅高棉參謀總長，他與國防部長的宋成指揮安隆汶兩千軍隊。他在戰爭中失去一條腿，但仍敢於上戰場指揮作戰，他是個直性子的大老粗，天生大嗓門。在安隆汶，他表現親民，愛惜小孩，平日裡愛與士兵開玩笑，處事也公正。他經常身體力行帶領軍隊一起參加安隆汶縣的農業生產、地方基礎建設。一些公路、水利工程都被村民冠上達莫的名字。在會議上，也只有達莫敢與波爾布特頂咀。波名義上是最高領袖，但他自一九八五年就患上心臟病和風濕關節炎，視力也差。他主要的工作是為年輕軍人教軍事常識。因此，無論在軍隊或民間，波爾布特的聲望、實際工作能力都比不上達莫。

　　宋成一家八口被波爾布特殺害後，引起了其他領導人和宋成部下對波的強烈不滿和恐懼。四天後的六月十三日清晨，宋成部下的師長等人鳴槍發洩情緒，波爾布特命令達莫前去瞭解並鎮壓，達莫拒不執行，還加入該師長的抗議行動，並趁機發動一千五百名士兵聲討波爾布特。

　　波爾布特此時躺在床上因長期心臟病及體弱由衛生員輸

液，聞訊倉促帶附近兩百士兵、醫護人員和親信，還挾持喬森潘、廣播電台台長馬本、前駐中國大使江裕郎等作為人質向泰境逃跑。第二天，達莫率兵一千前往追捕。原來他粗中有細，事前想到必須保護波氏的住所以免士兵闖入，趕到現場大門早已洞開，屋裡一片狼籍，達莫細心搜索也沒發現值錢或重要物品，最顯眼是幾本大書散落在地面，是當年毛澤東親自送給波爾布特的馬恩列思著作和柬文版《毛澤東選集》、一本大型相冊，大多是波幾次訪問中國、與中國各領導人親切握手和波在各地農村視察、開會的相片。

波爾布特一行於深夜抵達一個早已廢棄的高棉古廟休息。凌晨起來，望著路邊抱著槍支的士兵在寒風中發抖，悲從中來，清點人數，發現跑了五十士兵，不禁老淚縱橫。大家匆忙吃早餐時，波爾布特問，達莫在後面追來了，你們有何良策？竟無一發言。

走了一天，又跑了三十多人。波再問，達莫快將追到，有誰肯跟著我到最後？只有一衛兵走近他說：「我願與首長共生死。」

馬本尋著機會策動喬森潘逃跑。喬說：「不易。稍不慎你我都受害。」

達莫率兵追上來了，波的士兵且戰且走，又死了數十人。

波爾布特此時也已精疲力竭，心區反復作痛，雙膝頭更陣陣刺痛，老眼昏花，一片模糊，前有泰兵，後有追兵，要走到

何時？要走到何處？糧食已盡，身體極度虛弱，精神崩潰，稀落的白髮下憔悴的臉，坐在地上呻吟流淚。此情此景，竟是七五年四月十七日紅高棉占領全國後他把各大城市居民用暴力驅趕出來，幾百萬人民其中有不少病老殘弱在烈日曝曬、風雨飄搖的路上痛苦掙扎、呻吟呼號的情景，如今一件一件在他身上發生。

波爾布特在泰境扁擔山脈山林中坐在地上面對持槍把他團團圍住的達莫士兵舉手投降。十九日，他和僅存的十五人被押回安隆汶基地。

一周後，安隆汶紅高棉電台恢復廣播，聲稱逮捕波爾布特，並從此與過去切割，不再是紅色高棉，改稱「柬埔寨民族團結黨」

達莫和農謝、喬森潘等商量後，通知泰方並聯繫西方記者，動員安隆汶三千多民眾於二十九日一起旁聽在其基地召開對波爾布特的公審大會。

作為被告人，波爾布特、跟隨他的師長、衛兵和貼身警衛等四個人身著農民服裝，脖上圍著水布，神情呆滯、一言不發接受審判。「法官」宣佈波爾布特就宋成事件構成三罪：未經審問用私刑殺害兩位重要領導人、殺害六個無辜小孩、人死了還用卡車輾壓屍體，手段極其殘酷。最後，波氏被判處無期徒刑。會上，達莫、喬森潘等還宣佈波氏在解放全國後的其他罪行。他們希望通過審判向外界傳達紅高棉從此與過去徹底劃分

界線，以全新面孔出現。

公審結束後，安隆汶基地軍民舉行隆重的慶祝大會。

一九九八年四月十五日，出生於磅同省農村、還有一個月另四天滿七十三歲的波爾布特在黑夜中因心臟病死去。波爾布特畢竟是紅高棉的首腦、國際矚目的人物，他的死必要拍照作證。第二天清晨，紅高棉通知泰方並要求泰國法醫前來驗屍鑑定。波氏躺臥在木榻上，鼻孔塞了棉花，身邊一把蒲扇。後來，細心的西方記者從相片中發現波爾布特屍體上的頭髮是黑的，懷疑並非波氏本人。後來波的第二任妻子出來說明：她應波生前的要求事先為他染了黑髮。

波的屍體第三天已經發臭才被監視他的士兵像拉死狗一樣拉到一處荒野，用車輪胎、樹枝和他日常用的籐椅、蒲扇一起燃燒。（而非先前傳說的波死去當晚就被拉去火化）火化時，現場沒有其他人，他的妻子提前一天帶著八歲的女兒默默走向泰境。

經過數天風吹日曬，波爾布特部分骨灰飄散在附近荒地草叢中。後來才有好心的村民前來收拾，在近處將黑色的火化物和泥土混合堆成一個小塚狀，再在上面搭建小蓬蓋，周圍釘上木樁，放置小香爐，並依照佛教風俗在前方搭兩個供人上香的小祭亭。

同年六月十六日，江裕郎、馬本等六人集體走出安隆汶向洪森政府投降。接著，每天都有成批士兵攜槍出逃，事態無法

控制，十二月二十五日，農謝、喬森潘等人在洪森大軍壓境下投降。九九年三月，藏匿在泰國邊境的達莫被泰軍捕獲並交給金邊政府。面對泰軍和洪森政府，他聲稱絕非投降。

若僅以氣節而論，農民出身的達莫更勝那些早年留學法國的共產主義革命家。儘管他也是「屠夫」，但在安隆汶期間親民、抓捕波爾布特、不搞株連講法律、有氣節等，大概是安隆汶基地至今只有他的屋子完好保存下來之故。

二零零四年，達莫被囚禁在金邊等待國際法庭審判時在看守所病死。不久，英薩利也在看守所病死，他的妻子患上老年癡呆症也死去。二零一四年，農謝和喬森潘被國際法庭判處終生監禁。」

波爾布特是怎麼走上禍國殃民、自己也落得個的悲恥的下場呢？按照他大哥後來的說法：「我弟弟本來不是這樣的，小時，他對我這個大哥也是尊敬的。或許，或許，他是中了什麼邪吧？」

無論如何，波爾布特和他失敗的共產主義烏托邦伴隨著兩百萬條人命一起走進了歷史。（完）

二十一、桑田已滄海

出世逢凶歲　孩童遭煞災
至親全逃散　家族盡遭害
潮州慈養母　庇護十三載
加入少先隊　瞞地主後代
運動大躍進　饑貧近乞丐
渡洋可存活　眾人齊安排
離鄉真難舍　別井猶至哀
嚎啕哭離別　前路費疑猜
躲港四個月　偷渡柬埔寨
父母非親生　被疑擁共派
水火何相容　打罵受虐待
讀書屢留級　承認為蠢才
異域當童工　彷徨複徘徊
自卑又悔恨　悲觀實無奈
雜役苦力做　情獨鐘藥材
政局忽動盪　戰爭突到來
農村山林去　孤單竄南北

槍林彈雨急　炮火遍地開

五年平息後　赤棉竟登臺（注一）

庶民如螻蟻　神仙也難拜

佛邦變煉獄　百萬屍骨埋

逃亡難計數　險死是常態

劣境結鴛鴦　漂泊得一孩

浪跡到天涯　陽光真明媚

美國且收容　從此笑顏開

奮鬥半世紀　長壽有招牌（注二）

往事堪回首　桑田已滄海

子孫擠滿堂　老幼樂暢懷

上蒼真具眼　渾身滿氣概

福從苦中求　遇難跨步邁

危機雖罩頂　勵志不言敗

理想兼抱負　醫學最喜愛

運動增活力　診病可按脈

他日環球走　祈盼永康泰

注一：赤棉，指赤棉

注二：在費城經營「長壽堂」藥材店已二十六年

（2024年1月24日）

二十二、赤棉滅亡路線圖

散文

今年（二零一三年）五月三十日，正在金邊舉行的審判赤棉大屠殺的國際法庭上，僅存的兩名赤棉最高領導人＿前柬共付總書記、僅次於波爾布特的第二號人物農謝和前民主柬埔寨國家元首喬森潘終於低頭認罪，向全國受害的人民及其家屬鞠躬道歉。

農謝和喬森潘在法庭上承認紅高棉在執政期間造成無辜民眾的大量死亡。農謝說：「不論直接或間接，知道 或不知道，我都 負有責任。」但他也說，他當時僅負責宣傳與教育，有些事無能為力。喬森潘說：「我對當年造成的死難人民深深道歉。」不過喬森潘也同時強調，在 其執政其間，他並無實權，對許多事並不知情。

作為柬共第二把手，農謝負有不可推卸的責任：他是波爾布特的堅定支持者。在紅高棉奪取全國政權後，他與波爾布特推行極左政策包括在數天內把首都兩百萬市民驅趕出城；在兩、三個月內把全國其他市鎮居民驅趕到農村或深山密林自生自滅；強迫全國人民超體力從事農作；取消貨幣；全面、嚴厲控制人民的衣食住行等，造成大量民眾在飢餓和疾病中死去；

又大量殺害被認為是階級敵人的城市移民、知識份子、怠工者、多病者、西哈努克和朗諾執政時期的官員、華僑、越僑和其他少數民族，其屠殺手段包括活埋、砍頭、投河、沉井、槍殺、刀刺等等。最低估計，在短短三年多時間裡，全國死亡人數約兩百萬，占全國人口四分之一。堪稱柬埔寨歷史空前絕後的民族大浩劫，是二十世紀人類最黑暗的日子。

喬森潘，原柬埔寨留法學生，曾當任西哈努克時期的部長級官員。原來為人正直、為官清廉。上世紀五、六十年代，在民眾、尤其在知識份子中享有崇高威望。但他的左傾思想不容於西哈努克，在後者準備逮捕時的一九六七年與另外兩位著名左傾知識份子官員胡琳和胡榮逃到叢林中與紅高棉一起為推翻西哈努克政權並肩作戰。西哈努克被朗諾政權發動政變下臺後，波爾布特利用喬森潘的威望給他當無實權的民族統一陣線主席。一九七五年紅高棉奪取全國政權後，又讓他當任虛位的國家元首。這位民族主義者從此上了賊船，他無實權但也死心塌地跟隨波爾布特。

過去，赤棉及其支持者絕不承認大屠殺的事實。大約二十年前，波爾布特在柬泰邊境接受西方記者採訪時說，任何新政權的成立總會殺掉一些敵對份子。他承認只殺了大約一千人。

在柬埔寨總理洪森準備把上述兩位僅存的紅高棉頭目押送到金邊前，農謝在柬泰邊界自家住宅接受西方記者採訪時否認紅高棉實行種族滅絕政策。他很生氣地對記者說：「你們西

方國家老是說我們滅絕種族，你到門外看看，路上都是柬埔寨人。種族滅絕的話，現在有這麼多人嗎？」

喬森潘也曾對西方記者怒吼：「你去查字典，什麼叫愛國者？我們共產黨是愛國者！我們抵抗越南的侵略保衛了國家。我問你，愛國者會殺自己的人民嗎？」

二零零九年，第一個接受國際法庭審判的紅高棉領導人是S-21 屠殺館館長康克尤。他早年逃到柬泰邊境隱名後成為基督教徒。他對親手殺害至少一萬四千人深感罪惡深重。但在法庭上他又否認其罪行，僅說他是執行者，他不能違抗上級的命令。但當大量證據證明他完全有能力自行作主，殺人手段極其殘暴後，他終於承認大部分罪行，向全國人民謝罪。他被判處三十五年徒刑，後來改判四十年。

紅高棉第三號人物、前外交部長英薩利最早率軍向洪森總理投降，他在等待審判時病死。他的妻子，也是紅高棉高層領導人英蒂麗因精神失常無法上庭。至此，舉世矚目的國際法庭審判紅高棉人類大屠殺罪基本落幕。

顯赫一時的紅高棉最高領導層共十三人。他們個個都不得好死：除了上述英薩利、英蒂麗外，五個死於波爾布特的黨內清洗；波爾布特本人在窮途末路、眾叛親離時心臟病發，加上嚴重的關節病，疼痛難忍、受盡折磨，最後孤家寡人死於山林中一間小木屋，身邊唯一一位衛兵一把火把他燒成灰；其在黨政高層的妻子在絕望中病死於柬泰叢林中；二號、五號人物農

謝與喬森潘向洪森總理投降、兩人將在牢中渡過餘生；第四號人物，前國防部長宋成在投降前走漏風聲，一家八口死於波爾布特之手，其屍體被大卡車來回輾壓成血漿肉餅；紅高棉軍事強人達莫拖著一條腿被洪森軍隊活捉，六年後死於金邊牢獄中。

無情鬥爭、殘酷殺滅、叛逃、病殘、絕望、投降、受審、入獄，這就是赤棉的滅亡路線圖。所謂的「馬列主義革命家」，最後無一倖免全落得個可悲可恥的下場。所謂的「堅強的柬埔寨共產主義戰士」竟是一堆惡臭。

邪惡總有報應，正義得以伸張，歷史回歸公正。

（2013年6月4日）

國家圖書館出版品預行編目

柬埔寨戰亂文學 / 余良著. -- 臺北市：獵海
人, 2024.06
　　面；　公分
　ISBN 978-626-98460-3-0(平裝)

857.7　　　　　　　　　　113008481

柬埔寨戰亂文學

作　　者／余　良
出版策劃／獵海人
製作銷售／秀威資訊科技股份有限公司
　　　　　114 台北市內湖區瑞光路76巷69號2樓
　　　　　電話：+886-2-2796-3638
　　　　　傳真：+886-2-2796-1377
網路訂購／秀威書店：https://store.showwe.tw
　　　　　博客來網路書店：https://www.books.com.tw
　　　　　三民網路書店：https://www.m.sanmin.com.tw
　　　　　讀冊生活：https://www.taaze.tw

出版日期／2024年6月
定　　價／400元